坐等花开

丰子恺 著

读者出版社

图书在版编目（CIP）数据

坐等花开 / 丰子恺著. -- 兰州 ：读者出版社，2023.7

ISBN 978-7-5527-0754-0

Ⅰ. ①坐… Ⅱ. ①丰… Ⅲ. ①散文集－中国－现代 Ⅳ. ①I266

中国国家版本馆CIP数据核字（2023）第131683号

坐等花开

丰子恺 著

责任编辑 张 远

装帧设计 李果果

出版发行 读者出版社

地　　址 兰州市城关区读者大道568号（730030）

邮　　箱 readerpress@163.com

电　　话 0931-2131529（编辑部） 0931-2131507（发行部）

印　　刷 河北朗祥印刷有限公司

规　　格 开本 880 毫米 × 1230 毫米 1/32

印张 8.5 插页 1 字数 148 千

版　　次 2023 年 7 月第 1 版

2023 年 7 月第 1 次印刷

书　　号 ISBN 978-7-5527-0754-0

定　　价 58.00元

目录

第一章

好花时节不闲身

第二章

人 间 有 大 美

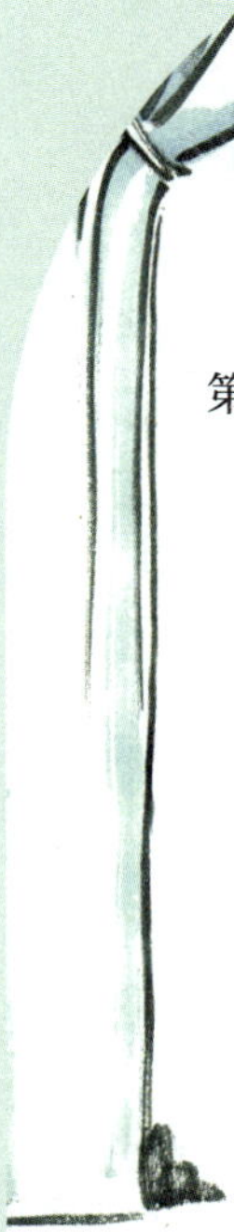

第三章

有情世界，天真生活

第四章

静待岁月开成花

第五章

此 生 已 近 桃 花 源

第一章

好花时节不闲身

春

春是多么可爱的一个名词！自古以来的人都赞美它，希望它长在人间。诗人，特别是词客，对春爱慕尤深。试翻词选，差不多每一页上都可以找到一个春字。后人听惯了这种话，自然地随喜附和，即使实际上没有理解春的可爱的人，一说起春也会觉得欢喜。这一半是春这个字的音容所暗示的。“春！”你听，这个音读起来何等铿锵而惺忪可爱！这个字的形状何等齐整妥帖而具足对称的美！这么美的名字所隶属的时节，想起来一定很可爱。好比听见名叫“丽华”的女子，想来一定是个美人。

然而实际上春不是那么可喜的一个时节。我积三十六年之经验，深知暮春以前的春天，生活上是很不愉快的。

梅花带雪开了，说道是漏泄春的消息。但这完全是精神上的春，实际上雨雪霏霏，北风烈烈，与严冬何异？所谓迎春的人，也只是瑟缩地躲在房栊内，战栗地站在屋檐下，望望枯枝一般的梅花罢了！

"春！"

你听，这个音读起来何等铿锵而惺忪可爱！

这个字的形状何等齐整妥帖而具足对称的美！

这么美的名字所隶属的时节，想起来一定很可爱。

春的景象，
只有乍寒、乍暖、忽晴、忽雨是实际而明确的。
此外虽有春的美景，但都隐约模糊，
要仔细探寻，才可依稀仿佛地见到，
这就是所谓“寻春”吧？

再迟个把月吧，就像现在：惊蛰已过，所谓春将半了。住在都会里的朋友想象此刻的乡村，足有画图一般美丽，连忙写信来催我写春的随笔。好像因为我偎傍着春，惹他们妒忌似的。其实我们住在乡村间的人，并没有感到快乐，却生受了种种的不舒服：寒暑表激烈地升降于三十六度至六十二度[①]之间。一日之内，乍暖乍寒。暖起来可以想起都会里的冰淇淋，寒起来几乎可见天然冰，饱尝了所谓“料峭”的滋味。天气又忽晴忽雨，偶一出门，干燥的鞋子往往拖泥带水归来。“一春能有几番晴”是真的；“小楼一夜听春雨”其实没有什么好听，单调得很，远不及你们都会里的无线电的花样繁多呢。春将半了，但它并没有给我们一点舒服，只教我们天天愁寒，愁暖，愁风，愁雨。正是“三分春色二分愁，更一分风雨”！

春的景象，只有乍寒、乍暖、忽晴、忽雨是实际而明确的。此外虽有春的美景，但都隐约模糊，要仔细探寻，才可依稀仿佛地见到，这就是所谓“寻春”吧？有的说“春在卖花声里”，有的说“春在梨花”，又有的说“红杏枝头春意闹”，但这种景象在我们这枯寂的乡村里都不易见到。即使见到了，肉眼也不易认识。总之，春所带来的美，少而隐；春所带来的不快，多而确。诗人词客似乎也承认这一点，春寒、春困、春愁、春怨，不是诗词中的常谈吗？

---

① 三十六，六十二，均指华氏度。

不但现在如此，就是再过个把月，到了清明时节，也不见得一定春光明媚，令人极乐。倘又是落雨，路上的行人将要“断魂”呢。

可知春徒有其名，在实际生活上是很不愉快的。实际，一年中最愉快的时节，是从暮春开始的。就气候上说，暮春以前虽然大体逐渐由寒向暖，但变化多端，始终是乍寒，乍暖，最难将息的时候。到了暮春，方才冬天的影响完全消灭，而一路向暖。寒暑表上的水银爬到temperate〔温和〕上，正是气候最temperate的时节。就景色上说，春色不须寻找，有广大的绿野青山，慰人心目。古人词云：“杜宇一声春去，树头无数青山。”原来山要到春去的时候方才全青，而惹人注目。我觉得自然景色中，青草与白雪是最伟大的现象。造物者描写“自然”这幅大画图时，对于春红、秋艳，都只是略蘸些胭脂、朱磦，轻描淡写。到了描写白雪与青草，他就毫不吝惜颜料，用刷子蘸了铅粉、藤黄和花青而大块地涂抹，使屋屋皆白，山山皆青。这仿佛是米派山水的点染法，又好像是Cézanne〔塞尚〕风景画的“色的块”，何等泼辣的画风！而草色青青，连天遍野，尤为和平可亲、大公无私的春色。花木有时被关闭在私人的庭园里，吃了园丁的私刑而献媚于绅士淑女之前。草则到处自生自长，不择贵贱高下。人都以为花是春的作品，其实春工不在花枝，而在于草。看花的能有几人？草则广泛地生长在大地的表面，普遍地受大众的欣赏。这种美景，是早春所见不到的。那时候山野中枯

人都以为花是春的作品，
其实春工不在花枝，而在于草。
看花的能有几人？
草则广泛地生长在大地的表面，
普遍地受大众的欣赏。

必须到了暮春，枯草尽去，
才有真的青山绿野的出现，
而天地为之一新。
一年好景，无过于此时。
自然对人的恩宠，也以此时为最深厚了。

草遍地，满目憔悴之色，看了令人不快。必须到了暮春，枯草尽去，才有真的青山绿野的出现，而天地为之一新。一年好景，无过于此时。自然对人的恩宠，也以此时为最深厚了。

讲求实利的西洋人，向来重视这季节，称之为May（五月）。May是一年中最愉快的时节，人间有种种的娱乐，即所谓May-queen（五月美人）、May-pole（五月彩柱）、May-games（五月游艺）等。May这一个字，原是"青春""盛年"的意思。可知西洋人视一年中的五月，犹如人生中的青年，为最快乐、最幸福、最精彩的时期。这确是名符其实的。但东洋人的看法就与他们不同：东洋人称这时期为暮春，正是留春、送春、惜春、伤春，而感慨、悲叹、流泪的时候，全然说不到乐。东洋人之乐，乃在"绿柳才黄半未匀"的新春，便是那忽晴、忽雨、乍暖、乍寒，最难将息的时候。这时候实际生活上虽然并不舒服，但默察花柳的萌动，静观天地的回春，在精神上是最愉快的。故西洋的"May"相当于东洋的"春"。这两个字读起来声音都很好听，看起来样子都很美丽。不过May是物质的、实利的，而春是精神的、艺术的。东西洋文化的判别，在这里也可窥见。

一九三四年三月十二夜十时

青年与花[①]

幼儿最初的美感是对于花的美感。因为花有美的姿态、可爱的色彩、芳香的气味。在自然物中，是最足以惹人注意的东西。花在下界的地位，仿佛月在天空。幼儿对花，完全是幻觉的。他们与花接吻、抱花、为花祈雨。这种拟人的态度，到青年期仍是大部分残存着。人类生来就爱花，因此花及于人的影响自然也大。

（一）青年对花的同情　幼儿时代对花的拟人的态度的形式，到青年时代还残存着，不过内容变易了。幼儿对花是客观的纯粹的活物主义，青年则带几分主观的色彩。在对花所起的感情的背面，同时起一种对于自身的感触。因为花与青年——特别是女子——在各点上相类似的：生命的丰富、色彩的繁荣、元气的旺盛等，都相类似。花可说是青年的象征，所以青年对花分外有同情，分外爱

---

① 本篇节选自《青年与自然》，原载1922年12月1日浙江上虞春晖中学校刊《春晖》第3号。

花。爱花便是他们的自爱。花遭难时，更易得青年的同情。所谓“惜花”“葬花”，实在是他们的自伤。所谓“花开堪折直须折，莫待无花空折枝”实在是他们的自励。因这同情，青年对花大都是拟人的。不过这拟人的态度的内容和孩儿时代的拟人的内容不同，青年的拟人对花，实在是因花生起别种联想。少女与花，有更密切的相似点。因之对花容易使人起淑女的联想。所谓“解语花”“薄命花”“轻薄桃花”等，都是以花喻女的，又如Moore〔穆尔〕的诗中所谓“All her lovely companions are faded and gone……”〔“她那些可爱的姐妹，早已不在枝头上……”〕也是以花比少女。这样的例不少。少女自己，也是默认花是自己的表号的。她们爱花、栽花、采花，又簪花、吻花，这种举动的背面，隐着少女们的一种自觉——这样明媚鲜妍的自然的精华，正是我们女性的表号。

人生青年时代犹四季的春天，故曰青春。在时期的关系上，青年与花已有相同的境遇。又青年时代的一切思想感情等精神界的发达，都极绮丽发扬，与花的妩媚极合。因此青年见花仿佛是同调的知交，自然地发生同情。

（二）花给与青年道德的感想　花的形质的清雅不凡，使青年起道德的思想。花的形色，表示人生的复杂的象征：例如就色而论，白色表示纯洁，赤色表示爱情和繁荣，紫色有王者的象征。就形而论，桃花梅花表示复杂的统一，菊花表示整齐，玫瑰花牡丹花

花与青年——特别是女子——在各点上相类似的：
生命的丰富、色彩的繁荣、元气的旺盛等，
都相类似。
花可说是青年的象征，
所以青年对花分外有同情，
分外爱花。
爱花便是他们的自爱。

花遭难时，更易得青年的同情。
所谓“惜花”“葬花”，
实在是他们的自伤。
所谓“花开堪折直须折，
莫待无花空折枝”实在是他们的自励。

表示结构的调和，紫藤花等表示变化的统一。这等象征，在不知不觉之间给青年道德的暗示。菊花的凌霜，梅花的耐寒，对人也有一种孤高纯洁的暗示，山间的花、水溪的花、人迹绝少到的地方的花，也同样地开颜发艳、不求人知。这给人更高尚的暗示，引起人的超然遗世的感想。诗所谓："涧户寂无人，纷纷开且落。"读之引起人对于自然的神秘的探究心，终于崇敬自然的神秘，感入自己的心身。女子受花的道德的暗示，更大于男子。

（三）花给与青年美的感情　青年的艺术修养方面，得益于花的感化不少。花实在是自然界的精英，是自然美中的最显著的。拉斯京〔罗斯金〕说："见了一大堆火药爆发，或一处陈列十分华丽的商店，一点也没有可以赞美的价值；见了花苞的开放，倒是极有赞美的价值的。"花在实用上，效用极少，不过极少数的几种作药品等用，此外大都是专供装饰的。然而实际上，装饰用的花赐与人们的恩惠真非浅鲜。青年因花而直接陶冶美的感情，又间接影响于道德。无论家庭学校，凡青年所居的地方，皆宜有花，这是艺术教育上最有价值的事件。实利的家庭，以种花为虚空无益的事。实利的学校，养鸡似的待遇学生，更不梦想到青年的直观教育的重大。所谓"爱情的只影也不留的、仓库似的校舍"，实在是对于青年的直觉能力的修养给予破坏的感化的。艺术教育发达的国学校园内的栽植和宿舍内的花卉布置，极郑重从事的。即使在都会的、地面狭

青年的艺术修养方面，
得益于花的感化不少。
花实在是自然界的精英，
是自然美中的最显著的。

无论家庭学校，
凡青年所居的地方，
皆宜有花，
这是艺术教育上最有价值的事件。

窄的学校，也必设小巧的花台或窗头的盆栽。在实利的人们看来以为虚饰，独不知这是学生的精神的保护者。

要之，月和花的本身是“美”，月和花对青年是“爱”。青年对花月——对一切自然——不可不使自身调和于这美和爱，且不可不“有情化”这等自然。“有情化”了这等自然，这等自然就会对青年告说种种的宝贵的教训。不但花月，一切自然，常暗示我们美和爱：蝴蝶梦萦的春野，木疏风冷的秋山，就是路旁的一草一石，倘用了纯正的优美又温和的同感的心而照观，这等都是专为我们而示美，又专为我们而示爱的。优美的青年们！近日秋月将圆，黄花盛开。当月色横空、花荫满庭之夜，你们正可以亲近这月魄花灵，永结神圣之爱！

十一〔1922〕年十月在白马湖上月下

东洋人之乐，
乃在“绿柳才黄半未匀”的新春，
便是那忽晴、忽雨、乍暖、乍寒，
最难将息的时候。
这时候实际生活上虽然并不舒服，
但默察花柳的萌动，
静观天地的回春，
在精神上是最愉快的。

杨柳

因为我的画中多杨柳树，就有人说我欢喜杨柳树；因为有人说我欢喜杨柳树，我似觉自己真与杨柳树有缘。但我也曾问心，为什么欢喜杨柳树？到底与杨柳树有什么深缘？其答案了不可得。原来这完全是偶然的：昔年我住在白马湖上，看见人们在湖边种柳，我向他们讨了一小株，种在寓屋的墙角里。因此给这屋取名为“小杨柳屋”，因此常取见惯的杨柳为画材，因此就有人说我欢喜杨柳，因此我自己似觉与杨柳有缘。假如当时人们在湖边种荆棘，也许我会给屋取为“小荆棘屋”，而专画荆棘，成为与荆棘有缘，亦未可知。天下事往往如此。

但假如我存心要和杨柳结缘，就不说上面的话，而可以附会种种的理由上去。或者说我爱它的鹅黄嫩绿，或者说我爱它的如醉如舞，或者说我爱它像小蛮的腰，或者说我爱它是陶渊明的宅边所种的，或者还可引援“客舍青青”的诗，“树犹如此”的话，以及“王恭之貌”“张绪之神”等种种古典来，作为自己爱柳的理由。即使要找三百个冠冕堂皇、高雅深刻的理由，也是很容易的。天下事又往往如此。

也许我曾经对人说过“我爱杨柳”的话。但这话也是随缘的。仿佛我偶然买一双黑袜穿在脚上，逢人问我“为什么穿黑袜”时，就对他说“我欢喜穿黑袜”一样。实际，我向来对于花木无所爱好；即有之，亦无所执着。这是因为我生长穷乡，只见桑麻、禾黍、烟片、棉花、小麦、大豆，不曾亲近过万花如绣的园林。只在几本旧书里看见过“紫薇”“红杏”“芍药”“牡丹”等美丽的名称，但难得亲近这等名称的所有者。并非完全没有见过，只因见时它们往往使我失望，不相信这便是曾对紫薇郎的紫薇花，曾使尚书出名的红杏，曾傍美人醉卧的芍药，或者象征富贵的牡丹。我觉得它们也只是植物中的几种，不过少见而名贵些，实在也没有什么特别可爱的地方，似乎不配在诗词中那样地受人称赞，更不配在花木中占据那样高尚的地位。因此我似觉诗词中所赞叹的名花是另外一种，不是我现在所看见的这种植物。我也曾偶游富丽的花园，但终于不曾见过十足地配称“万花如绣”的景象。

假如我现在要赞美一种植物，我仍是要赞美杨柳。但这与前缘无关，只是我这几天的所感，一时兴到，随便谈谈，也不会像信仰宗教或崇拜主义地毕生皈依它。为的是昨日天气佳，埋头写作到傍晚，不免走到西湖边的长椅子里去坐了一会，看见湖岸的杨柳树上，好像挂着几万串嫩绿的珠子，在温暖的春风中飘来飘去，飘出许多弯度微微的S线来，觉得这一种植物实在美丽可爱，非赞它一下不可。

听人说，这种植物是最贱的。剪一根枝条来插在地上，它也会活起来，后来变成一株大杨柳树。它不需要高贵的肥料或工深的壅培，只要有阳光、泥土和水，便会生活，而且生得非常强健而美丽。牡丹花要吃猪肚肠，葡萄藤要吃肉汤，许多花木要吃豆饼，杨柳树不要吃人家的东西，因此人们说它是“贱”的，大概“贵”是要吃的意思。越要吃得多，越要吃得好，就是越“贵”。吃得很多很好而没有用处，只供观赏的，似乎更贵。例如牡丹比葡萄贵，是为了牡丹吃了猪肚肠只供观赏而葡萄吃了肉汤有结果的缘故。杨柳不要吃人的东西，且有木材供人用，因此被人看作“贱”的。

我赞杨柳美丽，但其美与牡丹不同，与别的一切花木都不同。杨柳的主要的美点，是其下垂。花木大都是向上发展的，红杏能长到“出墙”，古木能长到“参天”。向上原是好的，但我往往看见枝叶花果蒸蒸日上，似乎忘记了下面的根，觉得其样子可恶；你们是靠他养活的，怎么只管高踞在上面，绝不理睬他呢？你们的生命建设在他上面，怎么只管贪图自己的光荣，而绝不回顾处在泥土中的根本呢？花木大都如此。甚至下面的根已经被砍，而上面的花叶还是欣欣向荣，在那里作最后一刻的威福，真是可恶而又可怜！杨

写春景曰“万树垂杨”，
写春色曰“陌头杨柳”，
或竟称春天为“柳条春”。
我以为这并非仅为杨柳当春抽条的缘故。
实因其树有一种特殊的姿态，
与和平美丽的春光十分调和的缘故。
这种姿态的特殊点，便是“下垂”。

当春发芽的树木不知凡几，
何以专让柳条作春的主人呢？
只为别的树木都凭仗了春之力而拼命向上，
一味求高，
忘记了自己的根本，
其贪婪之相不合于春的精神。
最能象征春的神意的，只有垂杨。

柳没有这般可恶可怜的样子：它不是不会向上生长。它长得很快，而且很高；但是越长得高，越垂得低。千万条陌头细柳，条条不忘记根本，常常俯首顾着下面，时时借了春风之力，向处在泥土中的根本拜舞，或者和它亲吻。好像一群的活泼孩子环绕着它们的慈母而游戏，但时时依傍到慈母的身旁去，或者扑进慈母的怀里去，使人看了觉得非常可爱。杨柳树也有高出墙头的，但我不嫌它高，为了它高而能下，为了它高而不忘本。

自古以来，诗文常以杨柳为春的一种主要题材。写春景曰“万树垂杨”，写春色曰“陌头杨柳”，或竟称春天为“柳条春”。我以为这并非仅为杨柳当春抽条的缘故。实因其树有一种特殊的姿态，与和平美丽的春光十分调和的缘故。这种姿态的特殊点，便是“下垂”。不然，当春发芽的树木不知凡几，何以专让柳条作春的主人呢？只为别的树木都凭仗了春之力而拼命向上，一味求高，忘记了自己的根本，其贪婪之相不合于春的精神。最能象征春的神意的，只有垂杨。

这是我昨天看了西湖边上的杨柳而一时兴起的感想。但我所赞美的不仅是西湖上的杨柳。在这几天的春光之下，乡村处处的杨柳都有这般可赞美的姿态。西湖似乎太高贵了，反而不适于栽植这种“贱”的垂杨呢。

廿四〔1935〕年三月四日于杭州

惜春[1]

不多天之前我在这里赞颂垂条的杨柳。现在柳条早已婆娑委地，杨花也已开始飘荡，春光将尽，我又来这里谈惜春的话了。

“惜春”这个题目何等风雅！古人的诗词里以此为题的不可胜计，今人也还在那里为此赋诗填词。绿肥红瘦，柳昏花冥，杜鹃啼血，流水飘红，再加上羁人，泪眼，伤心，断肠，离愁，酒病，……惜春这件事主客观两方面应有的雅词，已经被前人反复说尽，我已无可再说了。现在为什么取这个题目来作文呢？也不过应应时，在五月号的杂志里写一个及时的题目，表面上好看些。这好比编小学教科书：秋季始业的，前几课讲月亮、蟋蟀、桂花、果实、农人割稻，以及双十节。后几课讲棉衣、火炉、做糕、落雪，以及贺年。春季始业的，前几课讲菜花、桃花、蝌蚪、种牛痘，以及总理忌辰，后几课讲杀苍蝇，灭蚊虫，吃瓜，乘凉，以及热天的

① 本篇原载1935年5月《中学生》第55号。

卫生。似乎那些小学生个个是一年生的动物，在秋天不知有春，在春天不知有秋，所以非讲目前的情状不可的。我的读者不是小学生，其实不一定要讲目前的情状。但是随笔总得随我的笔，我的笔又总得随我的近感。我握笔为这杂志写这篇随笔的时候，但念不多天之前刚刚写了一篇赞颂初生的杨柳的文章，现在柳条早已婆娑委地，杨花也早已开始飘荡，觉得时光的过去真快得可惊！这其间一个多月的时光，我不知干了些什么？这一点近感便是我得这篇随笔的本意。题目不妨写作“惜时光”。但现在的时光是春天，也不妨写作“惜春”。

去年的春天，我曾在这杂志里谈过春天的冷暖不匀，晴雨无定，以及种种不舒服。故春去在我不觉得足惜。所可惜者，只是时光的一去不返，不可挽留。我们好比乘坐火车，自己似觉静静地坐着，不曾走动一步，车子却载了你在那里飞奔。不知不觉之间，时时刻刻在那里减短你的前程。我曾经立意要不花钱，一天到晚坐在屋里，果然一钱也不花。我曾经立意要不费力，一天到晚躺在床里，果然一些力也不费。我曾经立意要不费电，晚上不开电灯，果然一度电也不费。我曾经立意要不费时间，躲在床角里不动，然而壁上的时辰钟“的格的格”地告诉我，时间管自在那里耗费。于是我想，做了人真像“骑虎之势”，无法退缩或停留，只有努力地惜时光，积极地向前奋斗，直到时间的大限的来到。

生活上的苦闷和不幸，有时能使人对于时光觉得不可惜而可嫌，盼望它快些过去的。然而这是例外。人生总希望快乐。快乐的时间总希望其不要过得太快。回忆自己的学生时代，最快乐的时间是假期。星期六、星期日和纪念日小快乐，春假、年假和暑假大快乐。这也是世间一件矛盾的怪事：平常出了钱总希望多得几分货，只有读书，出了学费只希望少上几天课。试看假期前晚的学生们的狂喜，似觉他们所希望的最好是只缴学费而永不上课。于此足见读书这件事不是平常的买卖。不然，这件事正像史蒂芬生〔史蒂文生〕的《自杀俱乐部》中的青年的行为：一面缴了四十镑的会费而做自杀俱乐部会员，一面又在抽签时热望自己永不抽着当死的签。试看星期一早上躺在床上的学生的尴尬脸孔，或暑假开学前一天的学生的没精打采，似觉他们对于赴校上课这件事看得真同赴死一样可怕。其实原是他们自己来寻死的。

我幼时在暑假的前几天感觉非常欢喜，好像有期徒刑的囚犯将被开释似的。又怀抱着莫大的希望，忙里偷闲地打算假期中的生活，整理假期中所要看的书籍。我想象五六十天的假期，似觉时光非常悠长，有无数的事件好干，无数的书可读，有无数时光可以和弟弟共戏，还有无数的闲余可和邻家的小朋友玩耍。本学期中欠熟达的功课，满望在这悠长的假期中习得完全精通。平日所希望修习而无暇阅读的书籍，在假期前都特地买好，满望在这悠长的假期中

去年的春天，
我曾在这杂志里谈过春天的冷暖不匀，
晴雨无定，以及种种不舒服。
故春去在我不觉得足惜。
所可惜者，只是时光的一去不返，不可挽留。

做了人真像“骑虎之势”，
无法退缩或停留，
只有努力地惜时光，
积极地向前奋斗，
直到时间的大限的来到。

完全读毕。还有在教科书里看到的种种科学玩意儿，在校因没有时间和工具而未曾试作的，也都挑选出来，抄写在笔记簿上，满望在悠长的假期中完全做成，和弟弟们畅快地玩耍。五六十天的假期，在我望去好像一只宽紧带结成的袋子，不拘多少东西，尽管装得进去。

放假的一天，我背了这只宽紧带结成的无形大袋子而欣然地回家。回到半年不见的家里，觉得样样新鲜，暂把这无形的大袋搁一搁再说。初到的几天因为路途风霜，当然完全休息。后来多时不见的姑母来做客了，母亲热诚地招待她，假期中的我当然奉陪，闲淡几天。后来姑母邀请我去做客，母亲说我年年出门求学，难得放假回家，至亲至眷应该去访问访问，我一去就是四五天乃至六七天。回家又应该休息几天。后来，天气太热，中了暑发些轻痧，竹榻上一困又是几天。病起又休息几天。本镇有戏文，当然去看几天。戏文场上遇见几位小学时代的同学，多时不见，留着款待几天。送往了同学，迎来了一年不见的二姐，姐丈和外甥们，于是杀鸡置酒，大家欢聚半个月乃至二十天。二姐回家时带了我去，我这回做客一去又是四五天乃至六七天。回家当然又是休息几天。屈指一算，离暑假开学已经只有十来天了。横竖如此，这十来天索性闲玩过去吧。到了开学的前一天，我整理行装，看见于假前所记录着的一纸假期工作表，所准备着的一束假期应读的书，所选定着的假期中拟制之玩具的说明图，都照携回家时的原样放置在网篮里，搁置在书桌旁的两只长凳上，上面积着厚厚的一层灰尘。蹉陀的懊恼和乐尽的悲哀交混在我的心头，使我感到一种不可名状的不快。次日带了这种不快而辞家到校，重新开始那囚犯似的学校生活。

第二次假期前几天，我仍是那样地欢喜，再结起一只宽紧带的大袋子来，又把预定的假期工作多多益善地装进去，背了它欣然地回家。我的意思以为第一次没有经验，安排得不好，以致蹉跎过去；这回我定要好好地安排：客人不必多应酬，或竟不见；做客少住几天，或竟不去；戏不应该看，病不应该生。这样安排，一定有许多书好看，许多事可做。然而回到家里，不知怎样一来，又同第一次一样，这里几天，那里几天，距开学又只十来天了。于是再带了蹉跎的懊恼和乐尽的悲哀所混成的一种不可名状的不快而整理行装，离家到校。

这样的经验反复了数次，我方才悟到预期的不可靠与事实的无可奈何，于是停止这种如意算盘。青年人少不更事，往往向美丽的未来中打很大的如意算盘。他们以为假期有五六十天的悠长的日月，看薄薄的几册书，算什么呢？然而日子自己会很快地过去，而书的page〔页〕不会自动地翻过。宽紧带的袋子看似可以无限地装得进去，但毕竟是硬装的，原来的容量其实很小。我经验了几次如意算盘的失败之后，才知道凡事须靠现在努力工作。现在工作一小时，得益一小时，工作二小时，得益二小时。与其费心于未来的预期，不如现在拿这点工夫来用功。以后每逢假期，我不再准备假期工作。遵守西洋格言 Work while work,play while play[①]的教训，我预备玩过一暑假。却不意在暑假中也看完了几部小说。开学时回顾，好像得了一笔意外的收入，格外愉快。

青年们在校时不用功，往往预期出校后自行补修；或者在就业后抽闲补习。他们打定了这个如意算盘之后，在校时索性不用功了。他们想：出校后岁月悠长，无拘无束，横竖要从头补修过！现在索性放弃吧。但是，据我所见，他们这预期往往同我的假期工作的预期同一运命，总是不会实践的。他们没有预计到出校后的种种烦忙，同我没有预计到假期回家后的种种应酬一样。职业，生计，恋爱，婚姻，子女，……种种人事拥挤在他们出校后的日月中，使他们没有工夫补修在校时未了的课业。试看社会上就业的成人们的学问知识，恐怕十人中有九人所有的只是青年时代在学校中所收得的一点。靠出校后自己补修而增进学识的，十人中不过一人而已。可知青年求学时代所获得的一点学识，是人生教养的基本。后来的见闻虽然也使你增进些知识，但只是枝叶，人生修养的基本只限于青年求学时代所得的一点。

① 英国谚语，大意是：该玩时痛快地玩，该工作时专心工作。

现在工作一小时，
得益一小时，
工作二小时，
得益二小时。
与其费心于未来的预期，
不如现在拿这点工夫来用功。

青年求学时代所获得的一点学识，
是人生教养的基本。
后来的见闻虽然也使你增进些知识，
但只是枝叶，
人生修养的基本只限于青年求学时代所得的一点。

我自己青年时代没有好好地受教育，年长后常感知识不全之苦。几何三角的问题我不会解，物理化学的公式我看不懂，专门科学的书我都读不下去。屡次希望补修，至今不能实践。古人云："看来四十犹如此，便到百年已可知。"我离四十只有两年，大概此生不会有能解三角几何问题，能懂物理化学公式，能读专门科学书籍的日子了！人生倘有来世，我的来世倘能投人，投了人倘能记忆这篇文章，我定要好好地度送我的青年时代，多收得些学识，造成一个人生的巩固的基础。我此生中的青年已经过去，无法挽回，只有借了惜春的题目，在这里痛惜一下算了。假如这些话能给正在青年期的读者们一些警励，那便似以前在假期中看完了几部小说，好像得了一笔意外的收入，格外愉快。

廿四〔1935〕年四月八日为《中学生》作

五月①

预计五月赴杭州西湖旅行写生，寓弥陀寺大愿师处，一个月。现在离这时期还有二十天。虽然我不一定会照预计实行，或者虽实行而结果不一定如意。但未来的预计，往往富有兴趣与希望。我过去的生活，是端赖这种兴趣希望维持的。现在不妨对于我的五月写生旅行生活，作种种的预想。

我应该置备些什么用品？这是第一个问题。画箱、水筒、纸、笔，我都有了，只须添买些颜料。颜料须特别多买几瓶lemon yellow〔柠檬黄〕和prussian blue〔普蓝〕。因为这两者可以调成绿色，而绿色是五月的自然界最丰富的色彩。我的画中一定要多量地使用。于是我闭着两眼一看，固然看见浓绿的草木，充塞于西湖的四周，好像一条大而厚的绿绒毯子，包裹了湖上的诸山。我的写生旅行生

① 本篇曾由作者稍加改动，改名《五月写生旅行》，发表在1947年6月30日《天津民国日报》上。

活的预想，便增添了不少的兴趣与希望。我确定我的写生一定成功。虽然我久不写生，数年来作画但凭记忆或想象，但这一回一定不会失败。因为绿色充满在我的画面中。这是象征和平的色彩。无论我的笔法构图何等幼稚、拙劣，只走几笔绿色也可以慰人心目。我将来写西湖上的青山绿树时，准拟把绿的颜料特别浓重地涂抹，使这和平的色彩稳固地，永久地保留在我的画面里。古人称“绿肥红瘦”“绿暗红稀”，又说“断送一年春在绿阴中”。都有怜惜红的减却，而怪怨绿的发展的意思。我真不解他们的心理。自然界中，绿色比红色，在分量上普遍得多，在性质上可亲得多。以绿代红，使风景增加和平与美丽，应该是可喜的事，又何用嗟叹？不必说自然风景，就是这几天在上海跑马路，也常实际地感到这一点。跑到十字路口，看见红灯使人不快。它要你立着等待几分钟才得通过。反之，看见绿灯就觉得和平可亲。它仿佛在向你招手，保你平安地穿过“如虎口”的马路去。

但我又预想我的五月旅行，倘不仅画自然界的写生，而又去画人间界的感想。我又非特别多买几瓶 vermillion〔朱红〕和 rose madder〔玫瑰红〕不可。因为人间界的五月，不是绿的而是红的。自五一至五卅，不是有许多天含着危险和血腥的回想吗？要画五月的人间，非多量地施用红色不可。这使我觉得奇怪，五月的自然界与人间界，为什么演成了这般反对的状态？我的预想便转入支路：

古人称“绿肥红瘦”“绿暗红稀”，

又说“断送一年春在绿阴中”。

都有怜惜红的减却，而怪怨绿的发展的意思。

我真不解他们的心理。

自然界中，绿色比红色，在分量上普遍得多，在性质上可亲得多。

以绿代红，使风景增加和平与美丽，应该是可喜的事，又何用嗟叹？

五月大约就是阴历的四月。阴历四月称为清和月，风景清丽，气候温和，是一年中最好的季节。古人云："一年好景君须记，最是橙黄橘绿时。"橙黄橘绿原也是一种美景，但远不及青山绿野的广大普遍。况且时近冬令，寒气肃杀，在人间界不能说是良辰。美景而兼良辰的，一年中只有五月。就五月的自然界说，冬的寒气已经全消，夏的炎威尚未来临。四六时中，气候温和。无论停午夜分，皆可自由起居行动。这是自然对人的恩宠期。故西洋旧俗以五月为行乐之月，在户外举行种种的May-games〔五月游艺〕。由此可知五月的自然界与人间界，本来是最调和的。倘得五月中的许多纪念日都变了May-games的举行期，我们的生活何等幸福？我也可省下买vermillion与rose madder的铜板来，向新市场的采芝斋买些粽子糖，和大愿和尚共吃了。

廿三〔1934〕年四月八日

生机[①]

去年除夜买的一球水仙花，养了两个多月，直到今天方才开花。

今春天气酷寒，别的花木萌芽都迟，我的水仙尤迟。因为它到我家来，遭了好几次灾难，生机被阻抑了。

第一次遭的旱灾，其情形是这样：它于去年除夕到我家，当时因为我的别寓里没有水仙花盆，我特为跑到瓷器店去买一只纯白的瓷盘来供养它。这瓷盘很大，很重，原来不是水仙花盆。据瓷器店里的老头子说，它是光绪年间的东西，是官场中请客时用以盛某种特别肴馔的家伙。只因后来没有人用得着它，至今没有卖脱。我觉得普通所谓水仙花盆，长方形的、扇形的，在过去的中国画里都已看厌了，而且形式都不及这家伙好看。就假定这家伙是为我特制的水仙花盆，买了它来，给我的水仙花配合，形状色彩都很调和。看

---

① 本篇原载1936年3月《越风》第10期。

它们在寒窗下绿白相映，素艳可喜，谁相信这是官场中盛酒肉的东西？可是它们结合不到一个月，就要别离。为的是我要到石门湾去过阴历年，预期在缘缘堂住一个多月，希望把这水仙花带回去，看它开花才好。如何带法？颇费踌躇：叫工人阿毛拿了这盆水仙花乘火车，恐怕有人说阿毛提倡风雅；把它装进皮箱里，又不可能。于是阿毛提议："盘儿不要它，水仙花拔起来装在饼干箱里，携了上车，到家不过三四个钟头，不会旱杀的。"我通过了。水仙就与盘暂别，坐在饼干箱里旅行。回到家里，大家纷忙得很，我也忘记了水仙花。三天之后，阿毛突然说起，我猛然觉悟，找寻它的下落，原来被人当作饼干，搁在石灰甏上。连忙取出一看，绿叶憔悴，根须焦黄。阿毛说"勿碍①"，立刻把它供养在家里旧有的水仙花盆中，又放些白糖在水里。幸而果然勿碍，过了几天它又欣欣向荣了。是为第一次遭的旱灾。

第二次遭的是水灾，其情形是这样：家里的水仙花盆中，原有许多色泽很美丽的雨花台石子。有一天早晨，被孩子们发见了，水仙花就遭殃：他们说石子里统是灰尘，埋怨阿毛不先将石子洗净，就代替他做这番工作。他们把水仙花拔起，暂时养在脸盆里，把石子倒在另一脸盆里，掇到墙角的太阳光中，给它们一一洗刷。雨

① 勿碍，意为不要紧。

花台石子浸着水，映着太阳光，光泽、色彩、花纹，都很美丽。有几颗可以使人想象起“通灵宝玉”来。看的人越聚越多，孩子们尤多，女孩子最热心。她们把石子照形状分类，照色彩分类，照花纹分类；然后品评其好坏，给每块石子打起分数来；最后又利用其形色，用许多石子拼起图案来。图案拼好，她们自去吃年糕了！年糕吃好，她们又去踢毽子了；毽子踢好，她们又去散步了。直到晚上，阿毛在墙角发见了石子的图案，叫道：“咦，水仙花哪里去了？”东寻西找，发现它横卧在花台边上的脸盆中，浑身浸在水里。自晨至晚，浸了十来小时，绿叶已浸得发肿，发黑了！阿毛说“勿碍”，再叫小石子给它扶持，坐在水仙花盆中。是为第二次遭的水灾。

第三次遭的是冻灾，其情形是这样的：水仙花在缘缘堂里住了一个多月。其间春寒太甚，患难迭起。其生机被这些天灾人祸所阻抑，始终不能开花。直到我要离开缘缘堂的前一天，它还是含苞未放。我此去预定暮春回来，不见它开花又不甘心，以问阿毛。阿毛说：“用绳子穿好，提了去！这回不致忘记了。”我赞成。于是水仙花倒悬在阿毛的手里旅行了。它到了我的寓中，仍旧坐在原配的盆里。雨水过了，不开花。惊蛰过了，又不开花。阿毛说：“不晒太阳的缘故。”就掇到阳台上，请它晒太阳。今年春寒殊甚，阳台上虽有太阳光，同时也有料峭的东风，使人立脚不住。所以人都闭居在室内，从不走到阳台上去看水仙花。房间内少了一盆水仙花也没有人查问。直到次日清晨，阿毛叫了："啊哟！昨晚水仙花没有拿进来，冻杀了！"一看，盆内的水连底冻，敲也敲不开；水仙花里面的水分也冻，其鳞茎冻得像一块白石头，其叶子冻得像许多翡翠条。赶快拿进来，放在火炉边。久之久之，盆里的水融了，花里的水也融了；但是叶子很软，一条一条弯下来，叶尖儿垂在水面。阿毛说"乌者[①]"，我觉得的确有些儿"乌"，但是看它的花蕊还是笔挺地立着，想来生机没有完全丧尽，还有希望。以问阿毛，阿毛摇头，随后说："索性拿到灶间里去，暖些，我也可以常常顾到。"我赞成。垂死的水仙花就被从房中移到灶间。是为第三次遭的冻灾。

谁说水仙花清？它也像普通人一样，需要烟火气的。自从移入灶间之后，叶子渐渐抬起头来，花苞渐渐展开。今天花儿开得很好了！阿毛送它回来，我见了心中大快。此大快非仅为水仙花。人间的事，只要生机不灭，即使重遭天灾人祸，暂被阻抑，终有抬头的日子。个人的事如此，家庭的事如此，国家、民族的事也如此。

廿五〔1936〕年三月作

---

① 乌者，意为糟了。

人间的事，只要生机不灭，
即使重遭天灾人祸，暂被阻抑，终有抬头的日子。
个人的事如此，家庭的事如此，国家、民族的事也如此。

梧桐树[1]

寓楼的窗前有好几株梧桐树。这些都是邻家院子里的东西，但在形式上是我所有的。因为它们和我隔着适当的距离，好像是专门种给我看的。它们的主人，对于它们的局部状态也许比我看得清楚；但是对于它们的全体容貌，恐怕始终没看清楚呢。因为这必须隔着相当的距离方才看见。唐人诗云："山远始为容。"我以为树亦如此。自初夏至今，这几株梧桐树在我面前浓妆淡抹，显出了种种的容貌。

当春尽夏初，我眼看见新桐初乳的光景。那些嫩黄的小叶子一簇簇地顶在秃枝头上，好像一堂树灯[2]，又好像小学生的剪贴图案，布置均匀而带幼稚气。植物的生叶，也有种种技巧：有的新陈代谢，瞒过了人的眼睛而在暗中偷换青黄。有的微乎其微，渐乎其

① 本篇原载1935年12月16日《宇宙风》第1卷第7期。

② 作者故乡一带的风俗，人死后须在尸场上靠近头的一端点起树灯，树灯是一种点着许多油灯的树形灯架。

渐，使人不觉察其由秃枝变成绿叶。只有梧桐树的生叶，技巧最为拙劣，但态度最为坦白。它们的枝头疏而粗，它们的叶子平而大。叶子一生，全树显然变容。

在夏天，我又眼看见绿叶成阴的光景。那些团扇大的叶片，长得密密层层，望去不留一线空隙，好像一个大绿障，又好像图案画中的一座青山。在我所常见的庭院植物中，叶子之大，除了芭蕉以外，恐怕无过于梧桐了。芭蕉叶形状虽大，数目不多，那丁香结要过好几天才展开一张叶子来，全树的叶子寥寥可数。梧桐叶虽不及它大，可是数目繁多。那猪耳朵一般的东西，重重叠叠地挂着，一直从低枝上挂到树顶。窗前摆了几枝梧桐，我觉得绿意实在太多了。古人说“芭蕉分绿上窗纱”，眼光未免太低，只是阶前窗下的所见而已。若登楼眺望，芭蕉便落在眼底，应见“梧桐分绿上窗纱”了。

一个月以来，我又眼看见梧桐叶落的光景。样子真凄惨呢！最初绿色黑暗起来，变成墨绿；后来又由墨绿转成焦黄；北风一吹，它们大惊小怪地闹将起来，大大的黄叶便开始辞枝——起初突然地落脱一两张来，后来成群地飞下一大批来，好像谁从高楼上丢下来的东西。枝头渐渐地虚空了，露出树后面的房屋来，终于只剩几根枝条，回复了春初的面目。这几天它们空手站在我的窗前，好像曾经娶妻生子而家破人亡了的光棍，样子怪可怜的！我想起了古人的

古人说“芭蕉分绿上窗纱”，
眼光未免太低，
只是阶前窗下的所见而已。
若登楼眺望，
芭蕉便落在眼底，
应见“梧桐分绿上窗纱”了。

眼前高厚浓重的几堆大绿，
一朝化为乌有！
“无常”的象征，
莫大于此了！

诗："高高山头树，风吹叶落去。一去数千里，何当还故处？"现在倘要搜集它们的一切落叶来，使它们一齐变绿，重还故枝，回复夏日的光景，即使仗了世间一切支配者的势力，尽了世间一切机械的效能，也是不可能的事了！回黄转绿世间多，但象征悲哀的莫如落叶，尤其是梧桐的落叶。落花也曾令人悲哀。但花的寿命短促，犹如婴儿初生即死，我们虽也怜惜他，但因对他关系未久，回忆不多，因之悲哀也不深。叶的寿命比花长得多，尤其是梧桐的叶，自初生至落尽，占有大半年之久，况且这般繁茂，这般盛大！眼前高厚浓重的几堆大绿，一朝化为乌有！"无常"的象征，莫大于此了！

但它们的主人，恐怕没有感到这种悲哀。因为他们虽然种植了它们，所有了它们，但都没有看见上述的种种光景。他们只是坐在窗下瞧瞧它们的根干，站在阶前仰望它们的枝叶，为它们扫扫落叶而已，何从看见它们的容貌呢？何从感到它们的象征呢？可知自然是不能被占有的。可知艺术也是不能被占有的。

廿四〔1935〕年十一月廿八日夜作

塘栖[1]

夏目漱石的小说《旅宿》（日文名《草枕》）中，有这样的一段文章："像火车那样足以代表二十世纪的文明的东西，恐怕没有了。把几百个人装在同样的箱子里蓦然地拉走，毫不留情。被装在箱子里的许多人，必须大家用同样的速度奔向同一车站，同样地熏沐蒸汽的恩泽。别人都说乘火车，我说是装进火车里。别人都说乘了火车走，我说被火车搬运。像火车那样蔑视个性的东西是没有的了。……"

我翻译这篇小说时，一面非笑这位夏目先生的顽固，一面体谅他的心情。在二十世纪中，这样重视个性，这样嫌恶物质文明的，恐怕没有了。有之，还有一个我，我自己也怀着和他同样的心情呢。从我乡石门湾到杭州，只要坐一小时轮船，乘一小时火车，就可到达。但我常常坐客船，走运河，在塘栖过夜，走它两三天，到横河桥上岸，再坐黄包车来到田家园的寓所。这寓所赛如我的"行

① 本篇原载1983年1月26日《文汇报》，并收入《缘缘堂随笔集》（1983）。

宫”，有一男仆经常照管着。我那时不务正业，全靠在家写作度日，虽不富裕，倒也开销得过。

客船是我们水乡一带地方特有的一种船。水乡地方，河流四通八达。这环境娇养了人，三五里路也要坐船，不肯步行。客船最讲究，船内装备极好。分为船梢、船舱、船头三部分，都有板壁隔开。船梢是摇船人工作之所，烧饭也在这里。船舱是客人坐的，船头上安置什物。舱内设一榻、一小桌，两旁开玻璃窗，窗下都有坐板。那张小桌平时摆在船舱角里，三只短脚搁在坐板上，一只长脚落地。倘有四人共饮，三只短脚可接长来，四脚落地，放在船舱中央。此桌约有二尺见方，叉麻雀也可以。舱内隔壁上都嵌着书画镜框，竟像一间小小的客堂。这种船真可称之为画船。这种画船雇用一天大约一元。（那时米价每石约二元半。）我家在附近各埠都有亲戚，往来常坐客船。因此船家把我们当作老主顾。但普通只雇一天，不在船中宿夜。只有我到杭州，才包它好几天。

吃过早饭，把被褥用品送进船内，从容开船。凭窗闲眺两岸景色，自得其乐。中午，船家送出酒饭来。傍晚到达塘栖，我就上岸去吃酒了。塘栖是一个镇，其特色是家家门前建着凉棚，不怕天雨。有一句话，叫做“塘栖镇上落雨，淋勿着”。“淋”与“轮”发音相似，所以凡事轮不着，就说“塘栖镇上落雨”。且说塘栖的酒店，有一特色，即酒菜种类多而分量少。几十只小盆子罗列着，有荤有素，有干有湿，有甜有咸，随顾客选择。真正吃酒的人，才能赏识这种酒家。若是壮士、莽汉，像樊哙、鲁智深之流，不宜上这种酒家。他们狼吞虎嚼起来，一盆酒菜不够一口。必须是所谓酒徒，才可请进来。酒徒吃酒，不在菜多，但求味美。呷一口花雕，嚼一片嫩笋，其味无穷。这种人深得酒中三昧，所以称之为“徒”。迷于赌博的叫做赌徒，迷于吃酒的叫做酒徒。但爱酒毕竟和爱钱不同，故酒徒不宜与赌徒同列。和尚称为僧徒，与酒徒同列可也。我发了这许多议论，无非要表示我是个酒徒，故能赏识塘栖的酒家。我吃过一斤花雕，要酒家做碗素面，便醉饱了。算还了酒钞，便走出门，到淋勿着的塘栖街上去散步。塘栖枇杷是有名的。我买些白沙枇杷，回到船里，分些给船娘，然后自吃。

在船里吃枇杷是一件快适的事。吃枇杷要剥皮，要出核，把手弄脏，把桌子弄脏。吃好之后必须收拾桌子，洗手，实在麻烦。船里吃枇杷就没有这种麻烦。靠在船窗口吃，皮和核都丢在河里，吃好之后在河里洗手。坐船逢雨天，在别处是不快的，在塘栖却别有趣味。因为岸上淋勿着，绝不妨碍你上岸。况且有一种诗趣，使你想起古人的佳句：“人人尽说江南好，游人只合江南老。春水碧于天，画船听雨眠。”“闲梦江南梅熟日，夜船吹笛雨潇潇。”古人赞美江南，不是信口乱道，确是亲身体会才说出来的。江南佳丽地，塘栖水乡是代表之一。我谢绝了二十世纪的文明产物的火车，不惜工本地坐客船到杭州，实在并非顽固。知我者，其唯夏目漱石乎？

酒徒吃酒，不在菜多，但求味美。
呷一口花雕，嚼一片嫩笋，其味无穷。
这种人深得酒中三昧，所以称之为“徒”。

黄山松①

没有到过黄山之前，常常听人说黄山的松树有特色。特色是什么呢？听别人描摹，总不得要领。所谓“黄山松”，一向在我脑际留下一个模糊的概念而已。这次我亲自上黄山，亲眼看到黄山松，这概念方才明确起来。据我所看到的，黄山松有三种特色：

第一，黄山的松树大都生在石上。虽然也有生在较平的地上的，然而大多数是长在石山上的。我的黄山诗中有一句：“苍松石上生。”石上生，原是诗中的话；散文地说，该是石罅生，或石缝生。石头如果是囫囵的，上面总长不出松树来，一定有一条缝，松树才能扎根在石缝里。石缝里有没有养料呢？我觉得很奇怪。生物学家一定有科学的解说；我却只有臆测：《本草纲目》里有一种药叫做“石髓”。李时珍说：“《列仙传》言邛疏煮石髓。”可知石头也有养分。黄山的松树也许是吃石髓而长大起来的吧？长得那么苍

① 本篇原载1961年10月4日上海《文汇报》。

翠，那么坚劲，那么窈窕，真是不可思议啊！更有不可思议的呢：文殊院窗前有一株松树，由于石头崩裂，松根一大半长在空中，像须蔓一般摇曳着。而这株松树照样长得郁郁苍苍，娉娉婷婷。这样看来，黄山的松树不一定要餐石髓，似乎呼吸空气，呼吸雨露和阳光，也会长大的。这真是一种生命力顽强的生物啊！

第二个特色，黄山松的枝条大都向左右平伸，或向下倒生，极少有向上生的。一般树枝，绝大多数是向上生的，除非柳条挂下去。然而柳条是软弱的，地心吸力强迫它挂下去，不是它自己发心向下挂的。黄山松的枝条挺秀坚劲，然而绝大多数像电线木上的横木一般向左右生，或者像人的手臂一般向下生。黄山松更有一种奇特的姿态：如果这株松树长在悬崖旁边，一面靠近岩壁，一面向着空中，那么它的枝条就全部向空中生长，靠岩壁的一面一根枝条也不生。这姿态就很奇特，好像一个很疏的木梳，又像学习的“习”字。显然，它不肯面壁，不肯置身丘壑中，而一心倾向着阳光。

第三个特色，黄山松的枝条具有异常强大的团结力。狮子林附近有一株松树，叫做“团结松”。五六根枝条从近根的地方生出来，密切地偎傍着向上生长，到了高处才向四面分散，长出松针来。因此这一束树枝就变成了树干，形似希腊殿堂的一种柱子。我谛视这树干，想象它们初生时的状态：五六根枝条怎么会合伙呢？大概它们知道团结就是力量，可以抵抗高山上的风吹、雨打和雪压，所以

全体像个“丁”字，
但上面一画的长度大约相当于下面一直的长度的四倍。
这一画上面长着丛密的松针，
软绵绵的好像一个大蒲团，
上面可以坐四五个人。

生成这个样子。如今这株团结松已经长得很粗、很高。我伸手摸摸它的树干。觉得像铁铸的一般。即使十二级台风，漫天大雪，也动弹它不了。更有团结力强得不可思议的松树呢：从文殊院到光明顶的途中，有一株松树，叫做“蒲团松”。这株松树长在山间的一小块平坡上，前面的砂土上筑着石围墙，足见这株树是一向被人重视的。树干不很高，不过一二丈，粗细不过合抱光景。上面的枝条向四面八方水平放射，每根都伸得极长，足有树干的高度的两倍。这就是说：全体像个“丁”字，但上面一画的长度大约相当于下面一直的长度的四倍。这一画上面长着丛密的松针，软绵绵的好像一个大蒲团，上面可以坐四五个人。靠近山的一面的枝条，梢头略微向下。下面正好有一个小阜，和枝条的梢头相距不过一二尺。人要坐这蒲团，可以走到这小阜上，攀着枝条，慢慢地爬上去。陪我上山的向导告诉我：“上面可以睡觉的，同沙发床一样。”我不愿坐轿，单请一个向导和一个服务员陪伴着，步行上山，两腿走得相当吃力了，很想爬到这蒲团上去睡一觉。然而我们这一天要上光明顶，赴狮子林，前程远大，不宜耽搁；只得想象地在这蒲团上坐坐，躺躺，就鼓起干劲，向光明顶迈步前进了。

一九六一年五月十日记

上天都[1]

从黄山宾馆到文殊院的途中，有一块独一无二的小平地，约有二三十步见方。据说不久这里要造一个亭子，供游人息足，现在已有许多石条乱放着了。我爬到了这块平地上，如获至宝，立刻在石条上坐下，觉得比坐沙发椅子更舒服。因为我已经翻了两个山峰，紫云峰和立马峰，尽是陡坡石级，羊肠坂道，两腿已经不胜酸软了。

坐在石条上点着一根纸烟，向四周望望，看见一面有一个高峰，它的峭壁上有一条纹路，远望好像一条虚线。仔细辨认，才知道是很长的一排石级，由此可以登峰的。我不觉惊讶地叫出："这个峰也爬得上的？"陪我上山的向导说："这个叫做天都峰，是黄山中最陡的一个峰，轿子不能上去，只有步行才爬得上。老人家不能上去。"

---

① 本篇原载1961年北京出版社《江山多娇》杂志。

昨夜在黄山宾馆时，交际科的郝同志劝我雇一乘轿子上山。她说虽然这几天服务队里的人都忙着采茶，但也可以抽调出四个人来抬你上山。这些山路，老年人步行是吃不消的。我考虑了一下，决定谢绝坐轿。一则不好意思妨碍他们的采茶工作，二则设想四个人抬我一个人上山，我心情的不安一定比步行的疲劳苦痛得多。因此毅然地谢绝了，决定只请一个向导老宋和一个服务员小程陪伴上山。今天一路上来，老宋指示我好几个险峻的地方，都是不能坐轿，必须步行的。此时我觉得：昨夜的谢绝坐轿是得策的。我从过去的经验中发见一个真理：爬山的唯一的好办法，是像龟兔赛跑里的乌龟一样，不断地、慢慢地走。现在向导说“老人家不能上去”，我漫应了一声，但是心中怀疑。我想：慢慢地走，老人家或许也能上去。然而天色已经向晚，我们须得爬上这天都峰对面的玉屏峰，到文殊院投宿。现在谈不到上天都了。

在文殊院三天阻雨，却得到了两个喜讯，第26届世界乒乓球锦标赛，男女单打，中国都获得了冠军；苏联的加加林乘飞船绕地球一匝，安然回到本国。我觉得脸上光彩，心中高兴，两腿的酸软忽然消失了。第四天放晴，女儿一吟发兴上天都，我决定同去。她说：“爸爸和妈妈在这里休息吧，怕吃不消呢。”我说：“妈妈是放大脚[1]，固然吃不消；我又不是放大脚，慢慢地走！”老宋笑着说：“也好，反正走不动可以在半路上坐等的。”接着又说：“去年你们画院里的画师来游玩，两位老先生都没有上天都。你老人家兴致真好！”大概他预料我走不到顶的。

从文殊院走下五六百个石级，到了前几天坐在石条上休息的那块小平地上，望望天都峰那条虚线似的石级，不免有些心慌。然而我有一个法宝，就是不断地、慢慢地走。这法宝可以克服一切困难。我坐在平地的石条上慢慢地抽了两根纸烟，精神又振作了，就开始上天都。

这石级的斜度，据导游书上说，是六十度至八十度。事实证明这数字没有夸张。全靠石级的一旁立着石柱，石柱上装着铁链，扶着铁链才敢爬上去。我规定一个制度：每跨上十步，站立一下。后来加以调整：每跨上五步，站立一下。后来第三次调整：每跨上五步，站立一下；再跨上五步，在石级上坐一下。有的地方铁链断了，或者铁链距离太远，或者斜度达到八十度，那时我就四条“腿”走路。这样地爬了大约一千级，才爬到了一个勉强可称平地的地方。我以为到顶了，岂知山上复有山，而且路头比过去的石级更曲折，更险峻。有几个地方，须得小程在前面拉，老宋在后面

---

① 放大脚，指缠足陋习逐渐废绝而裹足后半途放松的小脚。

推，我的身子才飞腾上去。

老宋说："过了鲫鱼背，离开山顶不远了。"不久，眼前果然出现了一个巨大的"鲫鱼"。它的背脊约有十几丈长，却只有两三尺阔，两旁立着石柱，柱上装着铁链。我两手扶着铁链，眼睛看着前面，能够堂皇地跨步；但倘眼睛向下一望，两条腿就不期地发起抖来，畏缩不前了。因为望下去一片石壁，简直是"下临无地"。如果掉下去，一定粉身碎骨。走完了鲫鱼背，我连忙在一块石头上坐下，透一口大气。我抽着纸烟，想象当初工人们立石柱、装铁链时的光景，深切地感到劳动人民的伟大，惭愧我的卑怯：扶着现成的铁链还要两腿发抖！

再走几个险坡，便到达了天都峰的最高处。这里也有石柱和铁链，也是下临无地的。但我总算曾经沧海了，并不觉得顶上可怕，却对于鲫鱼背特别感兴趣。回去的时候，我站在鱼背顶点，叫一吟拍一张照。岂知这照片并无可观。因为一则拍照不能摄取全景，表不出高和险；二则拍照不能删除芜杂、强调要点，所以不能动人。在这点上绘画就可以逞强了：把不必要的琐屑删去，让主要的特点显出，甚至加以夸张或改造，表现出对象的神气，即所谓"传神写照"，只有绘画——尤其是中国画——最擅长。

上山吃力，下山危险——这是我登山的经验谈。下天都的时候，我全靠倒退，再加向导和服务员的帮助，才免除了危险。回到

我从过去的经验中发见一个真理：
爬山的唯一的好办法，
是像龟兔赛跑里的乌龟一样，
不断地、慢慢地走。

我抽着纸烟，
想象当初工人们立石柱、装铁链时的光景，
深切地感到劳动人民的伟大，惭愧我的卑怯：
扶着现成的铁链还要两腿发抖！

文殊院，看见扶梯害怕了。勉强上楼，倒在床里。两腿酸痛难当，然而回想滋味极佳。我想：我的法宝“像乌龟一样不断地、慢慢地走”，不但适用于老人登山，又可普遍地适用于老弱者的一切行为：凡事只要坚忍不懈地进行，即使慢些，也终于能获得成功。今天我的上天都已经获得成功了。欢欣之余，躺在床上吟成了一首小诗：

结伴游黄山，良辰值暮春。
美景层层出，眼界日日新。
奇峰高万丈，飞瀑泻千寻。
云海脚下流，苍松石上生。
入山虽甚深，世事依然闻。
息足听广播，都城传好音。
国际乒乓赛，中国得冠军。
飞船绕地球，勇哉加加林！
客中逢双喜，游兴忽然增。
掀髯上天都，不让少年人。

一九六一年五月十一日于上海记

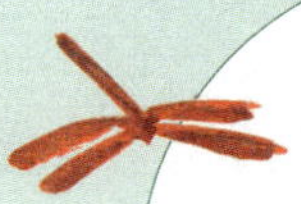

第二章

人间有大美

绘画之用

从前英国的大诗人拜轮〔拜伦〕(Byron)的葬仪在伦敦举行的时候，伦敦街上的商人们望见了这大出丧的威仪，惊叹之余，私下相问："诗人到底是做什么生意的人？"

从前日本有一个名画家，画一幅立轴，定价洋六十元，画中只是疏朗朗地描三粒豆。有一个商人看见了，惊叹道："一粒豆值洋二十元！？"

这种大概是形容过分的笑话吧。诗人不是做生意的人，画中的豆与粮食店内的豆不同，这是谁也不会弄错的，不致发那种愚问吧。不过，"诗到底有什么用？""画到底有什么用？"也许是一般人心中常有的疑问。

在展览会中，如果有人问我："绘画到底有什么用？"我准拟答复他说："绘画是无用的。""无用的东西！画家何苦画？展览会何苦开？""纯正的绘画一定是无用的，有用的不是纯正的绘画。无用便是大用。容我告诉你这个道理。"

普通所见的画，种类甚多：纪念厅里的总理遗像也是画，教室里的博物挂图也是画，地理教科书中的名胜图也是画，马路里墙壁上的广告图也是画。然而这种都不是纯正的绘画。展览会里的才是纯正的美术的绘画。为什么道理呢？就为了前者是“有用”的，后者是“无用”的。

纪念厅里有总理遗像，展览会里也有人物画。但前者是保留孙中山先生的遗容，以供后人的瞻仰的，后者并无这种目的，且不必标明是何人。博物挂图中有梅花图，吴昌硕的立幅中也有梅花图。然前者是对学生说明梅花有几个瓣，几个雄蕊与雌蕊的；吴昌硕并不是博物教师。地理教科书中有西湖的风景图，油画中也有西湖的风景图。但前者是表明西湖的实景，使没有到过杭州的人可以窥见西湖风景的一斑的；后者并不是冒充西湖的照相。马路里墙壁上的广告画中有香烟罐，啤酒瓶，展览会里的静物画中也有香烟罐，啤酒瓶。但前者的目的是要诱人去买，后者并不想为香烟公司及酿造厂推广销路。大厦堂前的立幅，试问有什么实用？诸君手中的扇子上画了花，难道会多一点凉风？展览会里的作品，都是这类的无目的的、无用的绘画。——无用的绘画，才是真正的美术的绘画。

何以言之？因为真的美术的绘画，其本质是“美”的。美是感情的，不是知识的，是欣赏的，不是实用的。所以画家但求表现其在人生自然中所发见的美，不是教人一种知识；看画的人，也只要

美是感情的，不是知识的，
是欣赏的，不是实用的。
所以画家但求表现其在人生自然中所发见的美，
不是教人一种知识；
看画的人，也只要用感情去欣赏其美，
不可用知识去探究其实用。

用感情去欣赏其美，不可用知识去探究其实用。真的绘画，除了表现与欣赏之外，没有别的实际的目的。前述四种实例；遗像、博物图、名胜图、广告画，都是实用的，或说明的。换言之，都是为了一种实际的目的而画的。所以这种都是实用图，都不是美术的绘画。但我的意思，并非说实用图都没有价值。我只是说，实用图与美术的绘画性质完全不同。看惯实用图的人，一旦走进展览会里，慎勿仍用知识探究的态度去看美的绘画。不然，就不免做出“一粒豆值洋二十元”的笑柄来。美术的绘画虽然无用（详之，非实用，或无直接的用处），但其在人生的效果，比较起有用的（详言之，实用的，或直接有用的）图画来，伟大得多。

人类倘然没有了感情，世界将变成何等机械、冷酷而荒凉的生存竞争的战场！世界倘没有了美术，人生将何等寂寥而枯燥！美术是感情的产物，是人生的慰安。它能用慰安的方式来潜移默化我们的感情。

所以说“真的绘画是无用的，有用的不是真的绘画。无用便是大用”。用慰安的方式来潜移默化我们的感情，便是绘画的大用。

十八〔1929〕年清明于石门湾，为全国美展刊作

艺术三昧[①]

有一次我看到吴昌硕写的一方字。觉得单看各笔划，并不好。单看各个字，各行字，也并不好。然而看这方字的全体，就觉得有一种说不出的好处。单看时觉得不好的地方，全体看时都变好，非此反不美了。

原来艺术品的这幅字，不是笔笔，字字，行行的集合，而是一个融合不可分解的全体。各笔各字各行，对于全体都是有机的，即为全体的一员。字的或大或小，或偏或正，或肥或瘦，或浓或淡，或刚或柔，都是全体构成上的必要，决不是偶然的。即都是为全体而然，不是为个体自己而然的。于是我想象：假如有绝对完善的艺术品的字，必在任何一字或一笔里已经表出全体的倾向。如果把任何一字或一笔改变一个样子，全体也非统统改变不可；又如把任何一字或一笔除去，全体就不成立。换言之，在一笔中已经表出全

① 本篇原载1927年8月10日《小说月报》第18卷第8号。

体，在一笔中可以看出全体，而全体只是一个个体。

所以单看一笔一字或一行，自然不行。这是伟大的艺术的特点。在绘画也是如此。中国画论中所谓“气韵生动”，就是这个意思。西洋印象画派的持论：“以前的西洋画都只是集许多幅小画而成一幅大画，毫无生气。艺术的绘画，非画面浑然融合不可。”在这点上想来，印象派的创生确是西洋绘画的进步。

这是一个不可思议的艺术的三昧境。在一点里可以窥见全体，而在全体中只见一个体。所谓“一有多种，二无两般”（《碧岩录》）就是这个意思吧！这道理看似矛盾又玄妙，其实是艺术的一般的特色，美学上的所谓“多样的统一”，很可明了地解释，其意义：譬如有三只苹果，水果摊上的人把它们规则地并列起来，就是“统一”。只有统一是板滞的，是死的。小孩子把它们触乱，东西滚开，就是“多样”。只有多样是散漫的，是乱的。最后来了一个画家，要写生它们，给它们安排成一个可以入画的美的位置，——两个靠拢在后方一边，余一个稍离开在前方，——望去恰好的时候，就是所谓“多样的统一”，是美的。要统一，又要多样；要规则，又要不规则；要不规则的规则，规则的不规则；要一中有多，多中有一。这是艺术的三昧境！

宇宙是一大艺术。人何以只知鉴赏书画的小艺术，而不知鉴赏宇宙的大艺术呢？人何以不拿看书画的眼来看宇宙呢？如果拿看书画的眼来看宇宙，必可发见更大的三昧境。宇宙是一个浑然融合的全体，万象都是这全体的多样而统一的诸相。在万象的一点中，必可窥见宇宙的全体；而森罗的万象，只是一个个体。勃雷克〔布莱克〕的“一粒沙里见世界”，孟子的“万物皆备于我”，就是当作一大艺术而看宇宙的吧！艺术的字画中，没有可以独立存在的一笔。即宇宙间没有可以独立存在的事物。倘不为全体，各个体尽是虚幻而无意义了。那么这个“我”怎样呢？自然不是独立存在的小我，应该融入于宇宙全体的大我中，以造成这一大艺术。

宇宙是一个浑然融合的全体，
万象都是这全体的多样而统一的诸相。
在万象的一点中，
必可窥见宇宙的全体；
而森罗的万象，只是一个个体。

新艺术[①]

世间盛传“新艺术”这个名词。浅虑的人，就在现在的新艺术与过去的旧艺术之间划了一条不可超越的界线，以为过去的都是无用的废物了。其实并不如此。艺术的分新旧，是仅就其表面而说的。艺术的表面跟了时代而逐渐变相，现在的为新，过去的为旧；但“艺术的心”是永远不变的。这犹之人的服装因了各时代的制度而改样，或为古装，或为时装；但衣服里面的肉体是永远不变的。脱去了衣服，古人与今人都是同样的人，无所谓古今，同理，不拘泥其表面，而接触其内部的精神，艺术也是永远不变，无所谓新艺术与旧艺术的。

“艺术的心”永远不变，故艺术可说是永远“常新的”。

自来的大画家，都是从自然受得深刻的灵感，因而成就其为大画家的。但受得的情形，各人不同，因而其所表现的艺术，样式也

① 本篇原载1932年9月11日《艺术旬刊》第1卷第2期。

不同；于是绘画上就有种种的画派，伟大广博的自然，具有种种方面。从自然的形象方面受得灵感，而创作绘画，便成为“写实派”；从自然的色彩方面受得灵感，而创作绘画，便成为“印象派”；从自然的构成方面受得灵感，而创作绘画，便成为“表现派”。各派时代不同，表现异样；但在对于自然的灵感这一点上，各画家是相同的。

现今的艺术界中，流行着表现派的画风。有一班青年的艺人，以为表现主义是二十世纪的特产，这才适合于二十世纪新青年的精神；于是大家做了Cézanne〔塞尚〕与Matisse〔马蒂斯〕的崇拜者。提起笔来，就在画布上飞舞线条，夸弄主观，以为非此便不新，非新便不是二十世纪的青年艺术家了。这全是浅见。他们没有完备健全的“艺术的心”，他们所见的只是艺术的表面。他们的艺术，犹之一个服装徒尚时髦而体格不健全的人。这人无论如何讲究服装，终于妆不出好看的模样来。反之，若先有了强健美满的体格，则御无论何种服装，都有精神，正不必拘于老式与时髦了。

这所谓体格，在艺术上便是“艺术的心”。故青年欲研究艺术，必先培养其“艺术的心”。何谓“艺术的心”？简言之，就是前述的“灵感”。

艺术创作的时候，必先从某自然中受得一种灵感，然后从事表现。全无何等灵感而动手刻划描写，其工作不成为艺术，而仅为匠人之事。倘学画的人只知多描，学诗的人只知多作，而皆闲却了用心用眼的工夫，其事业便舍本而逐末，而事倍功半了。在艺术创作上，灵感为主，而表现为从；即观察为主，而描写为从；亦即眼为主而手为从。故勤描写生，不如多观自然；勤调平仄，不如多读书籍。胸襟既广，眼力既高，手笔自然会进步而超越起来。所以古人学画，有“读万卷书，行万里路”的训话。可知艺术完全是心灵的事业，不是技巧的工夫。西洋有格言道：

“凡艺术是技术；但仅乎技术，不是艺术。”

仅乎技术不是艺术，即必须在技术上再加一种他物，然后成为艺术。这他物便是“艺术的心”。有技术而没有“艺术的心”，不能成为艺术，有“艺术的心”而没有技术，亦不能成为艺术。但两者比较起来，在“人生”的意义上，后者远胜于前者了。因为有“艺术的心”而没有技术的人，虽然未尝描画吟诗，但其人必有芬芳悱恻之怀，光明磊落之心，而为可敬可爱之人。若反之，有技术而没有艺术的心，则其人不啻一架无情的机械了。于此可知“艺术的心”的可贵。

日本已故文学者夏目漱石在其《旅宿》(日文名《草枕》)中有这样的话：“诗思不落纸，而铿锵之音，起于胸中。丹青不向画架涂抹，而五彩绚烂，自映心眼。但能如是观看所处之世，而在灵台方寸之镜箱中摄取浇季溷浊之俗世之清丽之影，足矣，故无声之诗

有“艺术的心”而没有技术的人，
虽然未尝描画吟诗，
但其人必有芬芳悱恻之怀，光明磊落之心，
而为可敬可爱之人。
若反之，有技术而没有艺术的心，
则其人不啻一架无情的机械了。
于此可知“艺术的心”的可贵。

人虽无一句，无色的画家虽无尺缣；但其能如是观看人生，其能解脱烦恼，其能如是出入于清净界，以及其能建此不同不二之乾坤，其能扫荡我利私欲之羁绊，——较千金之子、万乘之君、一切俗界之宠儿为幸福也。”

这里所谓“解脱烦恼”，“出入于清净界”，“建此不同不二之乾坤”，“扫荡我利私欲”诸点，皆“艺术的心”所独到的境地。艺术的高贵的超现实性，即在于此。高尚的艺术，所以能千古不朽而“常新”者，正为其具有这高贵的超现实性的原故。

故研究艺术，宜先开拓胸境，培植这“艺术的心”。心广则眼自明净，于是尘俗的世间，在你眼中常见其为新鲜的现象；而一切大艺术，在你也能见其“常新”的不朽性，而无所谓新艺术与旧艺术的分别了。

二十一〔1932〕年八月，为不果出版之某美术刊作

自然[1]

“美”都是“神”的手所造。假手于“神”而造美的，是艺术家。

路上的褴褛的乞丐，身上全无一点人造的装饰，然而比时装美（？）女美得多。这里的火车站旁边有一个伛偻的老丐，天天在那里向行人求乞。我每次下了火车之后，迎面就看见一幅米叶〔米勒〕（Millet）的木炭画，充满着哀怨之情。我每次给他几个铜板——又买得一幅充满着感谢之情的画。

女性们煞费苦心于自己的身体的装饰。头发烫也不错，胸臂冻也不妨，脚尖痛也不怕。然而真的女性的美，全不在乎她们所苦心经营的装饰上。我们反在她们所不注意的地方发现她们的美。不但如此，她们所苦心经营的装饰，反而妨碍了她们的真的女性的美。所以画家不许她们加上这种人造的装饰，要剥光她们的衣服，而赤

① 本篇原载1929年1月10日《小说月报》第20卷第1号。当时题名《自然颂》。

裸裸地描写“神”的作品。

画室里的模特儿虽然已经除去一切人造的装饰，剥光了衣服；然而她们倘然受了画学生的指使，或出于自心的用意，而装腔作势，想用人力硬装出好看的姿态来，往往越装越不自然，而所描的绘画越无生趣。印象派以来，裸体写生的画风盛于欧洲，普及于世界。使人走进绘画展览中，如入浴堂或屠场，满目是肉。然而用印象派的写生的方法来描出的裸体，极少有自然的、美的姿态。自然的美的姿态，在模特儿上台的时候是不会有的；只有在其休息的时候，那女子在台旁的绒毡上任意卧坐，自由活动的时候，方才可以见到美妙的姿态，这大概是世间一切美术学生所同感的情形吧。因为在休息的时候，不复受人为的拘束，可以任其自然的要求而活动。“任天而动”，就有“神”所造的美妙的姿态出现了。

人在照相中的姿态都不自然，也就是为此。普通照相中的人物，都装着在舞台上演剧的优伶的神气，或南面而朝的王者的神气，或庙里的菩萨像的神气，又好像正在摆步位的拳教师的神气。因为普通人坐在照相镜头前面被照的时间，往往起一种复杂的心理，以致手足无措，坐立不安，全身紧张得很，故其姿态极不自然。加之照相者又要命令他“头抬高点！”“眼睛看着！”“带点笑容！”内面已在紧张，外面又要听照相者的忠告，而把头抬高，把眼钉住，把嘴勉强笑出，这是何等困难而又滑稽的办法！怎样教底

真的女性的美，
全不在乎她们所苦心经营的装饰上。
我们反在她们所不注意的地方发现她们的美。
不但如此，她们所苦心经营的装饰，
反而妨碍了她们的真的女性的美。

人体的美的姿态，
必是出于自然的。
换言之，凡美的姿态，
都是从物理的自然的要求而摆出的姿态，
即舒服的时候的姿态。

片上显得出美好的姿态呢？我近来正在学习照相，因为嫌恶这一点，想规定不照人物的肖像，而专照风景与静物，即神的手所造的自然，及人借了神的手而布置的静物。

人体的美的姿态，必是出于自然的。换言之，凡美的姿态，都是从物理的自然的要求而摆出的姿态，即舒服的时候的姿态。这一点屡次引起我非常的铭感。无论贫贱之人，丑陋（？）之人，劳动者，黄包车夫，只要是顺其自然的天性而动，都是美的姿态的所有者，都可以礼赞。甚至对于生活的幸福全然无分的，第四阶级以下的乞丐，这一点也决不被剥夺，与富贵之人平等。不，乞丐所有的姿态的美，屡比富贵之人丰富得多。试入所谓上流的交际社会中，看那班所谓“绅士”，所谓“人物”的样子，点头，拱手，揖让，进退等种种不自然的举动，以及脸的外皮上硬装出来的笑容，敷衍应酬的不由衷的言语，实在滑稽得可笑，我每觉得这种是演剧，不是人的生活。作这样的生活，宁愿作乞丐。

被造物只要顺天而动，即见其真相，亦即见其固有的美。我往往在人的不注意，不戒备的时候，瞥见其人的真而美的姿态。但倘对他熟视或声明了，这人就注意，戒备起来，美的姿态也就杳然了。从前我习画的时候，有一天发现一个朋友的pose〔姿态〕很好，要求他让我画一张sketch〔速写〕，他限我明天。到了明天，他剃了头，换了一套新衣，挺直了项颈危坐在椅子里，教我来画。……这等人都不足与言美。我只有和我的朋友老黄[1]，能互相赏识其姿态，我们常常相对坐谈到半夜。老黄是画画的人，他常常嫌模特儿的姿态不自然，与我所见相同。他走进我的室内的时候，我倘觉得自己的姿势可观，就不起来应酬，依旧保住我的原状，让他先鉴赏一下。他一相之后，就会批评我的手如何，脚如何，全体如何。然后我们吸烟煮茶，晤谈别的事体。晤谈之中，我忽然在他的动作中发现了一个好的pose，“不动！”他立刻石化，同画室里的石膏模型一样。我就欣赏或描写他的姿态。

不但人体的姿态如此，物的布置也逃不出这自然之律。凡静物的美的布置，必是出于自然的。换言之，即顺当的，妥帖的，安定的。取最卑近的例来说：假如桌上有一把茶壶与一只茶杯。倘这茶壶的嘴不向着茶杯而反向他侧，即茶杯放在茶壶的后面，犹之孩子躲在母亲的背后，谁也觉得这是不顺当的，不妥帖的，不安定的。同时把这画成一幅静物画，其章法（即构图）一定也不好。美学上所谓“多样的统一”，就是说多样的事物，合于自然之律而作成统一，是美的状态。譬如讲坛的桌子上要放一个花瓶。花瓶放在桌子的正中，太缺乏变化，即统一而不多样。欲其多样，宜稍偏于桌子的一端。但倘过偏而接近于桌子的边上，看去也不顺当，不妥帖，

---

① 即作者的好友、口琴家黄涵秋。

不安定。同时在美学上也就是多样而不统一。大约放在桌子的三等分的界线左右，恰到好处，即得多样而又统一的状态。同时在实际也是最自然而稳妥的位置。这时候花瓶左右所余的桌子的长短，大约是三与五，至四与六的比例。这就是美学上所谓“黄金比例”。黄金比例在美学上是可贵的，同时在实际上也是得用的。所以物理学的“均衡”与美学的“均衡”颇有相一致的地方。右手携重物时左手必须扬起，以保住身体的物理的均衡。这姿势在绘画上也是均衡的。兵队中“稍息”的时候，身体的重量全部搁在左腿上，右腿不得不斜出一步，以保住物理的均衡。这姿势在雕刻上也是均衡的。

故所谓“多样的统一”“黄金律”“均衡”等美的法则，都不外乎“自然”之理，都不过是人们窥察神的意旨而得的定律。所以论文学的人说，“文章本天成，妙手偶得之”；论绘画的人说，“天机勃露，独得于笔情墨趣之外”。“美”都是“神”的手所造的，假手于“神”而造美的，是艺术家。

一九二八年十月十二日

谈像[①]

“画得像”，就是“画得好”么？思虑疏忽的人都说“然”。其实不然。画得好不好，不仅在乎像不像。“像”固然是图画上一要点，但图画上还有比“像”更重大的要点，不可以不知道。

现在先讲几个关于“像”的故事给大家听听，然后再说出我的理由来。

从前希腊有两位画家，一位名叫才乌克西斯（Zeuxis），还有一位名叫巴尔哈西乌斯（Parrhasius），都是耶稣纪元以前的人。他们的作品已经不传，只有一个故事传诵于后世：这两位画家的画，都画得很像，在雅典的画坛上齐名并立。有一天，两人各拿出自己的杰作来，在雅典的市民面前比赛技术，看是孰高孰下。全市的美术爱好者大家到场，来看两大画家的比赛。只见才乌克西斯先上台，他手中挟一幅画，外面用袱布包着。他在公众前把袱布解

① 本篇原载1930年5月《中学生》第5期。

开，拿出画来。画中描的是一个小孩子，头上顶一篮葡萄，站在田野中。那孩子同活人一样，眼睛似乎会动的。但上面的葡萄描得更好，在阳光下望去，竟颗颗凌空，汁水都榨得出似的。公众正在拍手喝彩，忽然天空中飞下两只鸟来，向画中的葡萄啄了几下，又惊飞去，这是因为他的葡萄描得太像，天空中的鸟竟上了他的当，以为是真的葡萄，故飞下来啄食。于是观者中又起了一阵更热烈的拍掌和喝彩的声音。才乌克西斯的画既已受了公众的激赏，他就满怀得意地走下台来，请巴尔哈西乌斯上台献画。在观者心中想来，巴尔哈西乌斯一定比不上才乌克西斯，哪有比这幅葡萄更像的画呢？他们看见巴尔哈西乌斯挟了包着的画，缓缓地踱上台来，就代他担忧。巴尔哈西乌斯却笑嘻嘻地走上台来，把画倚在壁上了，对观者闲眺。观者急于要看他的画，拍着手齐声叫道："快把袱包解开来呀！"巴尔哈西乌斯把手叉在腰际，并不去解袱包，仍是笑嘻嘻地向观者闲眺。观者不耐烦了，大家立起身来狂呼："画家！快把袱包解开，拿出你的杰作来同他比赛呀！"巴尔哈西乌斯指着他的画说道："我的画并没有袱包，早已摆在诸君的眼前了。请看！"观者仔细观察，才知道他所描的是一个袱包，他所拿上来的正是他的画，并不另有袱包。因为画得太像，观者的数千百双眼睛都受了他的骗，以为是真的袱包。于是大家叹服巴尔哈西乌斯的技术，说他比才乌克西斯更高。

中国画界中也有关于画得像的逸话，也讲一个给大家听听：我国六朝时代的顾恺之，据画史逸闻所说，人物画也画得极像。有一天，他从外归家，偶然看见邻家的女子站在门内，相貌姣好。他到了家，就走进画室，立刻画了一个追想的肖像。把画挂在墙上，用针钉住了画中人的心窝。邻家的女子忽然心痛起来，百方求医，都无效果。后来察知了是隔壁的画家的恶戏，女子的父亲就亲来顾家乞情，请他拔去了针，女子的心痛立刻止了。这是为顾恺之的画画得太像了，竟有这般神奇的影响。

读者听了这种故事，一定笑为荒诞。不错，逸话总不免有些荒诞。但这无非是要极言画家的画得像。其事实虽不可尽信，其道理却是可信的。诸君听了这些话，心中作何感想？画得像是否可贵的？画的主要目的，画的好坏的标准，只在像不像，抑另有所在？一般人都误以为画以肖似为贵，画的好坏的标准就在肖似。但我们应该晓得其另有所在。

绘画的主要的目的，绘画的好坏的标准，说起来很长，其最重要的第一点，可说是在于“悦目”。何谓悦目？就是使我们的眼睛感到快美。绘画是平面空间艺术，是视觉艺术。故作画，就是把自然界中有美丽的形与美丽的色彩的事物，巧妙地装配在平面的空间中。有美的形状与美的色彩的事物，不是在无论什么时候无论什么地方常常是美的。故必须把它巧妙地装配，才成为美的绘画。水

有美的形状与美的色彩的事物，
不是在无论什么时候无论什么地方常常是美的。
故必须把它巧妙地装配，
才成为美的绘画。

倘用绘画的眼光看来，
雕栏画栋的厅堂，
往往不能使人起美感，
而茅舍草屋，
有时反给人以快美的印象。

果摊头上有许多苹果，橘子，然而我们对于水果摊头不容易发生美感。买了三四只回家，供在盆子里，放在窗下的几上的盘中，其形状色彩就显出美来了。又如市街嘈杂而又纷乱，并不足以引起我们的美感，但我们从电车的窗格子中，常常可以看见一幅配合极美好的市街风景图。由此可知使我们的眼睛感到快美的，不限定某物，无论什么东西都有美化的可能。又可知美不在乎物的性质上，而在乎物的配合的形式上。故倘用绘画的眼光看来，雕栏画栋的厅堂，往往不能使人起美感，而茅舍草屋，有时反给人以快美的印象。绘画是自然界的美形、美色的平面的表现，又不是博物挂图，不是照相。绘画是使人的眼感到快美，不是教人某种知识，不是对人说理。由此可知肖似不是绘画的主要目的，不是绘画好坏的标准。因为肖似是模仿自然物，是冒充真物，真物不一定是美的，故可知求肖似不是求美，不是求悦目，与绘画的目的全属两途。诸君大家见过那种蜡细工或火漆细工么？模仿苹果，香蕉，橄榄，杨梅，辣椒，枣子，完全与真物无异。（有一个人曾经被别人捉弄，误咀火漆橄榄。）然而这等不能说是艺术品。做这等东西的人，不能称为艺术家。庸愚的人误认这等为美术，有识者看见了，至多觉得希奇而已，却说不上美。然而绘画并非绝对不要肖似自然物。绘画既然以自然界事物为题材，自然不能不模仿自然。不过要晓得：这模仿不是绘画的主要目的，绘画中所描写出的自然物，不是真的自然物的照样的模仿，而是经过“变形”，经过“美化”后的自然物。所以要“变形”要“美化”者，就是为了要使之“悦目”。故绘画是美的形与色的创造，是主观的心的表现，故绘画是“创作”。

故在绘画上，专求肖似的写实，是低级的，因为它不能使人悦目。近代法国的写实派大家米勒（Millet，1814—1875）的画，从某部分看来，似乎逼真得同照相一样，然其形，其线，其构图（即图中的巧妙的装配）充溢着美的感情。这点就是所谓“变形”，所谓“美化”。这实在是我们练习作图的最模范的榜样。

人们赞美好的风景时，说“如画”，赞美好的绘画时，说“如生”。这两句话是矛盾的。究竟如何解释？请读者思量一下。

十八〔1929〕年九月作，为《中学生》

谈儿童画[①]

儿童对图画富有兴味，而拙于技术。因此儿童描绘物象，往往不正确，甚至错误。资产阶级的反动的教育论认为这是符合生物进化论的，应该听他们按照本能而作画，不可加以干涉。这是错误的图画教育论。我们固然不可强迫幼年的儿童立刻像成人一样正确地描写物象，然而我们必须仔细研究儿童画的不正确和错误的原因，而在图画课中循循善诱，因势利导，使他们自然而然地正确起来。从这里刊登的作品看来，儿童画并不一定像人们想象的那么稚拙的，他们的年龄虽然很小，但已经能够比较正确掌握住物象的体形了，有些已经画得很好，这不正是证明从旁教导的作用吗？

儿童画的不正确和错误的原因，大约有二。第一，儿童观察物象时喜欢注意其“作用”。例如幼儿画人，往往把头画得很大，手和脚画得很显著，而把躯干画得很小，甚至不画。因为他们注意

① 本篇原载1958年6月1日《解放日报》。

儿童画并不一定像人们想象的那么稚拙的，
他们的年龄虽然很小，
但已经能够比较正确掌握住物象的体形了，
有些已经画得很好，
这不正是证明从旁教导的作用吗？

“作用”，头和手脚都能起“作用”：头上的眼睛会看，嘴巴会讲会吃，手会拿东西，脚会走路，而躯干不起什么作用。他们画头部，往往把眼睛和嘴巴画得很大而明显，而忽略其他部分，也是由于眼睛和嘴巴能起作用，而眉毛、鼻子、耳朵等不大起作用的原故。儿童画桌子，一定把桌子面画得很大，因为桌子面上要摆东西（起作用）的。

第二，儿童观察物象时喜欢注意其“意义”。例如幼儿画一只菜篮，往往把篮里的东西统统画出来：几个鸡蛋、一条鱼、几棵菜等等。如果画不下，他们就把篮子看作透明的，画在篮子边上，好像一只玻璃篮。他们的用意是要表出篮子的意义——盛东西。幼儿画猫往往把身子画成侧面形，而把头画成正面形。因为身子的侧面形可以表出猫的躯体和尾巴，而头的正面形可以表出它有两只眼睛、两只耳朵和两朵胡须。这仿佛埃及太古时代的壁画。幼儿画房子，往往把墙内的人物统统画出来，使墙壁变成玻璃造的。曾见有一个幼儿画一个母亲，在母亲的衣服上画两个乳房，颇像近代资本主义国家所流行的立体派、未来派等的绘画。这种错误的原因，无非是由于幼儿十分注意物象的意义，所以连看不见的东西也要画它们出来。

由于年龄和教养程度的关系，儿童画中这种错误是难免的，是必然的。教师不能粗暴地要求三四岁的幼儿画得同他自己一样，同时也不能一味听其本能发展而不加指导。教师应该按照儿童的年龄和教养程度而作适当的指导。最好的方法是诱导他们观察自然物，使他们逐渐对物象的形状感到兴味，那么，画的时候错误自然会消失了。例如幼儿画人像，只画一个头，两只手和两只脚，而不画躯干。有一天，教师看见有一个幼儿穿一件新衣服，就可利用这机会，教他们画一个穿新衣服的人。这样，他们就会渐渐地注意到人是有躯干的了。又如画一只猫，幼儿把猫身画成侧面形，猫头画成正面形，教师可以捉一只猫来，先把猫头正面向着幼童，问他“你看见猫有几只眼睛？”然后把猫头的侧面向着幼儿，再问他“你看见猫有几只眼睛？”这样，他们也会渐渐地悟到“不看见的东西不画”的道理了。

〔1958年〕

谈中国画[①]

中国画真有些古怪：现代人所作的，现代家庭里所挂的，中堂，立幅，屏条，尺页，而所画的老是古代的状态，不是纶巾道服，便是红袖翠带。从来没有见过现代的衣冠器物，现代的生活状态出现在宣纸上。山水，花卉，翎毛，幸而没有古今的差别。不然，现代人所画的一定也是古装的山水，古装的花卉和古装的翎毛。

绘画既是用形状色彩为材料而发表思想感情的艺术，目前的现象，应该都可入画。为什么现代的中国画专写古代社会的现象，而不写现代社会的现象呢？例如人物，所写的老是高人，隐者，渔翁，钓叟，琴童，古代美人。为什么不写工人，职员，警察，学生，车夫，小贩呢？人物的服装，老是纶巾，道袍，草履，芒鞋，或者云鬟，雾鬓，红袖，翠带，为什么不写瓜皮帽，铜盆帽，长衫

① 本篇是1934年4月《人间世》第1期所载《文言画》一文删改而成。

中国画在现代何必一味躲在深山中赞美自然，
也不妨到红尘间来高歌人生的悲欢，
使艺术与人生的关系愈加密切，岂不更好？

马褂，洋装大衣，皮鞋，拖鞋，或者剪发，旗袍，高跟皮鞋，摩登服装呢？人物手里所拿的，老是筇杖，古书，七弦琴，笙，箫，团扇一类的东西，为什么不写stick〔手杖〕，洋装书，violin〔小提琴〕，公事皮包，手携皮箧呢？又如建筑物，所写的大都是茅庐，板桥，古寺，浮图，白云深处的独家村的光景。为什么不写洋房，高层建筑，学校，工厂，矿场，大马路的光景呢？其他如器物，所写的不外油壁香车，画船，扁舟，桅杆，酒旗，珠帘，绣屏，篆香，红烛等，也都是古代的东西。为什么不写目前的火车，电车，汽车，飞机，兵舰，邮船，升降机〔电梯〕，电风扇，收音机呢？岂毛笔和宣纸，只能描写古代现象？为什么没有描写现代生活的中国画出现呢？为什么二十世纪的中国画家，只管描写十五世纪以前的现象呢？

也有人说，中国画的题材向以自然为主，不似西洋画的以人物为主。故山水是中国画的正格。人物及器物世界的描写，本为中国画所不重。即使泥古，亦不足为中国画病。这话也有几分理由。但是，现代人要求艺术与生活的接近。中国画在现代何必一味躲在深山中赞美自然，也不妨到红尘间来高歌人生的悲欢，使艺术与人生的关系愈加密切，岂不更好？日本人曾用从中国学得的画法来描写现世，就是所谓“浮世绘”。浮世绘是以描写风俗人事为主的一种东洋画，其人物取材于一切阶级，所描写的正是浮世的现状。这种东洋画的成功如何是别论。总之，绘画题材的开放，是现代艺术所要求的，是现代人所希望的。把具有数千年的发展史和特殊的中国画限制于自然描写，是可惜的事！

我们中国的绘画技法，实在是可矜贵的。那奔放的线条，明丽的色彩，强烈的印象和清新的布局，在世界画坛上放着异彩。西洋近代大画家Manet〔马奈〕，Monet〔莫奈〕，Cézanne〔塞尚〕，Gogh〔凡·高〕一班人，看见了荷兰博物馆里所藏的中国画，大为惊叹，赞颂“东洋画的新天地”。他们的作品中便显著地蒙了东洋画的影响。若得这种技法发展起来，一定可以适应新时代的要求，而支配未来世界的画坛。

一九三四年三月十七日为《人间世》作

美与同情[①]

有一个儿童，他走进我的房间里，便给我整理东西。他看见我的表面合覆在桌子上，给我翻转来。看见我的茶杯放在茶壶的环子后面，给我移到口子前面来。看见我床底下的鞋子一顺一倒，给我掉转来。看见我壁上的立幅的绳子拖出在前面，搬了凳子，给我藏到后面去。我谢他：

"哥儿，你这样勤勉地给我收拾！"

他回答我说：

"不是，因为我看了那种样子，心情很不安适。"是的，他曾说："表面合覆在桌子上，看它何等气闷！""茶杯躲在它母亲的背后，教它怎样吃奶奶？""鞋子一顺一倒，教它们怎样谈话？""立幅的辫子拖在前面，像一个鸦片鬼。"我实在钦佩这哥儿的同情心的丰富。从此我也着实留意于东西的位置，体谅东西的安适了。它

---

① 本篇原载1930年1月《中学生》第1号。

们的位置安适，我们看了心情也安适。于是我恍然悟到，这就是美的心境，就是文学的描写中所常用的看法，就是绘画的构图上所经营的问题。这都是同情心的发展。普通人的同情只能及于同类的人，或至多及于动物；但艺术家的同情非常深广，与天地造化之心同样深广，能普及于有情非有情的一切物类。

我次日到高中艺术科上课，就对她们作这样的一番讲话：

世间的物有各种方面，各人所见的方面不同。譬如一株树，有博物家，在园丁，在木匠，在画家，所见各人不同，博物家见其性状，园丁见其生息，木匠见其材料，画家见其姿态。

但画家所见的，与前三者又根本不同：前三者都有目的，都想起树的因果关系，画家只是欣赏目前的树的本身的姿态，而别无目的。所以画家所见的方面，是形式的方面，不是实用的方面。换言之，是美的世界，不是真善的世界。美的世界中的价值标准与真善的世界中全然不同。我们仅就事物的形状色彩姿态而欣赏，更不顾问其实用方面的价值了。所以一枝枯木，一块怪石，在实用上全无价值，而在中国画家是很好的题材。无名的野花，在诗人的眼中异常美丽。故艺术家所见的世界，可说是一视同仁的世界，平等的世界。艺术家的心，对于世间一切事物都给以热诚的同情。

故普通世间的价值与阶级，入了画中便全部撤销了。画家把自己的心移入于儿童的天真的姿态中而描写儿童，又同样地把自己的

普通人的同情只能及于同类的人，
或至多及于动物；
但艺术家的同情非常深广，
与天地造化之心同样深广，
能普及于有情非有情的一切物类。

心移入于乞丐的病苦的表情中而描写乞丐。画家的心，必常与所描写的对象相共鸣共感，共悲共喜，共泣共笑，倘不具备这种深广的同情心，而徒事手指的刻划，决不能成为真的画家。即使他能描画，所描的至多仅抵一幅照相。

画家须有这种深广的同情心，故同时又非有丰富而充实的精神力不可。倘其伟大不足与英雄相共鸣，便不能描写英雄，倘其柔婉不足与少女相共鸣，便不能描写少女。故大艺术家必是大人格者。

艺术家的同情心，不但及于同类的人物而已，又普遍地及于一切生物无生物，犬马花草，在美的世界中均是有灵魂而能泣能笑的活物了。诗人常常听见子规的啼血，秋虫的促织，看见桃花的笑东风，蝴蝶的送春归，用实用的头脑看来，这些都是诗人的疯话。其实我们倘能身入美的世界中，而推广其同情心，及于万物，就能切实地感到这些情景了。画家与诗人是同样的，不过画家注重其形色姿态的方面而已。没有体得龙马的泼力，不能画龙马，没有体得松柏的劲秀，不能画松柏。中国古来的画家都有这样的明训。西洋画何独不然？我们画家描一个花瓶，必其心移入于花瓶中，自己化作花瓶，体得花瓶的力，方能表现花瓶的精神。我们的心要能与朝阳的光芒一同放射，方能描写朝阳；能与海波的曲线一同跳舞，方能描写海波。这正是“物我一体”的境涯，万物皆备于艺术家的心中。

为了要有这点深广的同情心，故中国画家作画时先要焚香默坐，涵养精神，然后和墨伸纸，从事表现。其实西洋画家也需要这种修养，不过不曾明言这种形式而已。不但如此，普通的人，对于事物的形色姿态，多少必有一点共鸣共感的天性。房屋的布置装饰，器具的形状色彩，所以要求其美观者，就是为了要适应天性的缘故。眼前所见的都是美的形色，我们的心就与之共感而觉得快适；反之，眼前所见的都是丑恶的形色，我们的心也就与之共感而觉得不快。不过共感的程度有深浅高下不同而已。对于形色的世界全无共感的人，世间恐怕没有；有之，必是天资极陋的人，或理智的奴隶，那些真是所谓“无情”的人了。

在这里我们不得不赞美儿童了。因为儿童大都是最富于同情的，且其同情不但及于人类，又自然地及于猫犬，花草，鸟蝶，鱼虫，玩具等一切事物，他们认真地对猫犬说话，认真地和花接吻，认真地和人像〔玩偶，娃娃〕(doll)玩耍，其心比艺术家的心真切而自然得多！他们往往能注意大人们所不能注意的事，发见大人们所不能发见的点。所以儿童的本质是艺术的。换言之，即人类本来是艺术的，本来是富于同情的。只因长大起来受了世智的压迫，把这点心灵阻碍或销磨了。惟有聪明的人，能不屈不挠。外部即使饱受压迫，而内部仍旧保藏着这点可贵的心。这种人就是艺术家。

西洋艺术论者论艺术的心理，有“感情移入”之说。所谓感情移入，就是说我们对于美的自然或艺术品，能把自己的感情移入于其中，没入于其中，与之共鸣共感，这时候就经验到美的滋味。我们又可知这种自我没入的行为，在儿童的生活中为最多。他们往往把兴趣深深地没入在游戏中，而忘却自身的饥寒与疲劳。圣书中说：你们不像小孩子，便不得进入天国。小孩子真是人生的黄金时代！我们的黄金时代虽然已经过去，但我们可以因了艺术的修养而重新面见这幸福，仁爱，而和平的世界。

十八〔1929〕年九月廿八日为松江女中高中一年生讲述

精神的粮食[①]

人生目的为何？从伦理的哲学的言之，要不外乎欲得理想的生活。亦即欲得快乐的生活。换言之，欲满足种种欲望。人欲有五：食欲，色欲，知欲，德欲，美欲是也。食色二欲为物质的，为人生根本二大欲。但人决不能仅此满足即止，必进而求其他精神的三大欲之满足。此为人生快乐的向上，向上不已，食色二欲中渐渐混入美欲，终于由美欲取代食色二欲，是为欲之升华。升华之极，轻物质而重精神。所欲有甚于生，人生即达于“不朽”之理想境域。故精神的粮食，有时更重于物质的粮食。浅而言之，儿童之求游戏有时甚于求食。囚犯之苦寂寞有时甚于饥寒。反之，发奋忘食，闻乐不知肉味，亦不独孔子为然，人皆有之，不过程度有差等耳。今人职业与事业不符者，苦痛万状。因职业只供物质的粮食，而不供精神的粮食也。

---

① 本篇为1939年作者在广西宜山浙江大学所编的“艺术教育”油印讲义第14节。

以艺术为粮，则造型美术如食物，诗文、音乐如饮料，演剧、舞蹈如盛筵。

于艺术中求五味，则闲适诗，纯绘画（图案，四君子等），纯音乐（Bach〔巴赫〕）等作品，注重形式，悦目赏心，其味如甜。记叙，描写，抒情之诗；史画，院画，诗画，描写乐，标题乐及歌曲，兼重内容，言之有物，其味如咸。讽喻诗，宣传画（poster），漫画，军乐，战歌，动心忍性，其味如辣。感伤诗，浪漫画，哀乐，夜曲，清幽隽永，其味如酸。至于淫荡之诗，恶俗之画，靡靡之音，则令人呕吐，其味如臭矣。

第三章

有情世界，天真生活

月的大小[①]

“啊，今晚的月亮好大！”

“你看这月亮有多么大？”

“我看有饭碗大。”

“不止，我看有三号钵头大。”

“哪里？我看有脸盆大呢。”

“咦！人的眼睛怎的会这样不同？”

“听说看见月亮大的胆子大，看见月亮小的胆子小。……”

楼窗下的弄里有一班人在那里看月亮，谈话。夜静更深，一句一字都清晰地送进楼窗来。这样的话我在月夜不知听到过多少次数了。但每次听到的时候，心中总是疑怪：月亮的大小，他们怎么会说得定？据我看，可大可小，没有一定。记得有一次月夜有

① 本篇原载1933年9月《中学生》第37号。

章，泣涕零如雨。河漢清且淺，相去復幾許，盈盈一水间，脉脉不得語。」可惜寄托深远。

暂时脱离塵世

石門豐氏

夏目漱石的小说《旅宿》（日本名《草枕》）中有一段话：“苦痛、愤怒、叫嚣、哭泣，是附着在人世间的。我也在三十年间经历过来，此中况味尝得够腻了。腻了还要在戏剧、小说中反复体验同样的刺激，真吃不消。我所喜爱的诗，不是鼓吹世俗人情的东西，是放弃俗念，使心地暂时脱离尘世的诗。”

夏目漱石真是一个最像人的人。今世有许多人外貌是人，

人问我："你看见月亮怎样大？"我把月亮同近处的树叶子比量一下，回答说："像铜板大。"大家都笑了，说道："那是一颗星了！不信你看见的月亮这样小的！胡闹！"我其实并非胡闹，但也不分说了。后来又有一次被问，我想这回说得大些吧，便把月亮同远处的房屋的窗子一比较，回答说："我看同七石缸大。"人家又笑煞，说道："这么大的月亮不要吓死了人？"也有人嘲笑我说："他是画家，画家的眼睛是特别的！"我心中叫冤，但是也无法辩白。

这个问题一直在我心中为悬案，我相信他们不会乱说，但我其实也不是胡闹，更不是要扮画家，其中必有一个道理。一向没有闲工夫去推究，这一晚更深人静，又有对象摆在眼前，我便决意考察它一个究竟。

我把手臂伸直，闭住一目，就用手里的香烟嘴去测量月亮，看见香烟嘴正好遮住月亮。这样看来，月亮不过像一颗围棋子大小。因为香烟嘴之阔大约等于围棋子的直径。我又从离我一二丈远的柳树梢上窥测月亮，看见一瓣柳叶正好撑住了月亮的圆周。这样看来，月亮有一块洋钱般大小（因为一张柳叶之长，大约等于洋钱的直径。以下同理）。我又用离我四五丈远的围墙上的瓦片来同月亮比较，看见瓦片的一边之长恰等于月亮的直径，这样看来，月亮有饭碗大小。我又用离我十来丈远的烟囱来同月亮比较，看见烟囱恰

月亮的大小，
他们怎么会说得定？
据我看，
可大可小，
没有一定。

好装在月亮里。这样看来，月亮有脸盆来大小。我又用离我数十丈远的人家的楼窗来同月亮比较，看见楼窗之长也等于月亮的直径。这样看来，月亮就有七石缸一般大了。我想，假如很远的地方有一个宝塔，宝塔一定可以纳入在月亮里，使月亮的直径与宝塔同长。又假如，这里是一片海，海上生明月的时候，远处的兵舰也可全部纳入在月亮里，那时的月亮就比兵舰更大了。

于是我想：世人看物的大小有两种看法。第一种是绝对的大小，第二种是比较的大小。绝对的大小就是实际的尺寸。例如“一川碎石大如斗”，便是说用尺去量起碎石来，都同斗大。又如说孙行者的金箍棒“碗来粗细”，便是说用尺去量起金箍棒来，直径等于碗的直径。比较的大小就是远近法的大小。譬如这条弄的彼端有一个母亲和一个孩子走来，假如孩子跑得快，比母亲上前了数丈，我们望去，便见母亲和孩子一样大；孩子若比母亲上前了十余丈，我们望去便见母亲反比孩子小了。即距离的远近与物的大小成反比例。古人诗云：“秋景墙头数点山”，又云：“窗含西岭千秋雪”。讲到实物，山比墙和窗大得不可言；但山距离远了，竟小得可以摆在墙头，甚至含入窗中。可知这两种看法，前者是固定的，后者则因距离而变化，没有一定。

看月亮，当然用第二种看法。因为月亮距人很远，虽然天文学者曾经测得它的直径是三千四百km〔即kilometre（公里）〕，但我们不能拿下月亮，用尺来量量看。况且我们这班看月亮的人，都没听到天文学者的报告，即使听到了也未必相信。故月亮是一种可望而不可接的悬空的形象，不比碎石或金箍棒地可以测量实际的尺寸。故说"一川碎石大如斗"，"金箍棒碗来粗细"，都行；但说"月亮像脸盆大"，意义很不明了，须得指定脸盆对你的距离才行。因为脸盆离你近了，形象会大起来；离你远了，形象会小起来，仅说脸盆大岂可作为尺度？故用东西来比方月亮的大小，其意思应该是：月亮像离我二三尺远的围棋子大，或离我一二丈远的洋钱大，或离我四五丈远的饭碗大，或离我十来丈远的脸盆大，或离我数十丈远的七石缸大，或离我数里以上的宝塔或兵舰大。充其极端，把距离推广到三十九万km的时候，月亮正是一片直径三千四百km的圆形，即月亮同实际的月亮大。反之，若拿一根火柴贴近在瞳孔前窥测，则火柴可以遮住月亮，即月亮只有菜子般大小。可知月亮的大小，全是与各种距离的实物比较而言，并无一定。这可证明我的话不是胡闹，更不是要装作画家。

但他们的看法毕竟也是不错的。不过没有说出东西对自己的距离，所以使我疑怪。古诗人描写月亮，说像"白玉盘"，像"宝镜"。坊间所编印的小学国语教科书里说，"像个球，像个盘"。可知人们对于月亮的大小，所见略同。即大约像饭碗，钵头，球镜，盘，脸盆等一类东西的大小。换言之，人们都是拿距离自己数丈乃至十数丈的东西来比较月亮的大小的。数丈乃至十数丈，是绘画的观察上最普通的距离。风景中最主要的前景，大都是这距离中的景物。可知人们对月，都能自然地应用绘画的观察法。

一九三三年新秋，于石湾，为《中学生》作

有情世界[①]

阿因的爸爸坐在椅子里看书，忽然对着书笑起来，阿因料想，书里一定有好听的故事了，就放下泥娃娃，走到爸爸面前来问：

“爸爸笑什么？讲给我听！”

爸爸指着书，又指着阿因，说道：

“我笑的是他和你。你们两人一样。你替凳子的脚穿鞋子，同泥娃娃讨相骂，给枕头吃牛奶。这位宋朝的大词人辛弃疾，就同你一样，他同松树讲话，你看。”

说着，指着书上一段，读给阿因听：

“昨夜松边醉倒，问松‘我醉如何？’只疑松动要来扶，以手推松曰‘去！’”

又解给阿因听：“辛弃疾喝酒醉了，倒在松树旁边的草地上。他就问松树：‘喂，老松！你看我醉得什么样了？’松树不答话，

① 本篇原载1947年6月《儿童故事》第7期。

它的身体动起来了，似乎要把辛弃疾扶起来。辛弃疾很疲倦，想躺在松树旁边的草地上休息一会，不要它来扶起。就用手推开松树的身子，喊道：‘不要来扶我，你去！’”

阿因听了，很奇怪。他张大眼睛想了一会，也笑起来。他的笑是表示高兴。他想：大人们都说我痴。哪知大人们也是痴的。他们的痴话还要印在书上给大家看呢。自今以后，如果再有人说我痴，我就可回驳：“你们大人也是痴的，有辛弃疾的书为证。”

这天晚上，阿因就去遨游“有情世界”。

他吃过夜饭，正被母亲迫着去睡的时候，忽然看见地上一块白布。他想把布拾起来。先用脚踢它一下，白布不动。仔细一看，原来是窗外照进来的月光。他抬头向窗外望，但见月亮正在对他笑，好像有话要说。他高兴极了，先向窗外喊一声：“月亮姐姐，我就来了。”飞也似的跑出去了。

他跑到门外草上，仰起头来一望，月亮姐姐的脸孔比窗里看见的更加白，更加圆，更加大了。同时笑得更加可爱了。但听她说：

“阿因哥儿，到山上去野餐，他们都在等候你呢。快去拿了小篮出来，我陪你同去吧。”

阿因不及回答，三步并作两步，回进屋里，走到床前，向枕头边去取出小篮。一看，里面有半篮花生米，两包巧克力，是白天爸爸买给他的，现在正好拿上山去野餐。他提了小篮出门，说声：

大人们都说我痴。
哪知大人们也是痴的。
他们的痴话还要印在书上给大家看呢。
自今以后，如果再有人说我痴，
我就可回驳："你们大人也是痴的，有辛弃疾的书为证。"

“月亮姐姐，同去，同去！”就快步上山。月亮姐姐走得同他一样快，两人一边说话，一边上山。忽然路旁一群小声音在喊：

“阿因哥哥，月亮姐姐，我们也要去野餐，带我们同去！”

阿因回头一看，原来是一群蒲公英。阿英站住了，月亮姐姐也站住了。阿因说：

“好极，好极，我正想多几个人携着手，一同上山。月亮姐姐高高地在上面走，不肯同我携手呢！”

他便伸手拉蒲公英。蒲公英们齐声叫道：“拉不得，拉不得，我们痛得很！”

阿因一看，知道他们都是生根的，便皱着眉头，想不出办法。月亮姐姐喊道：“阿因哥儿，他们是走不动的，你给他们吃些东西吧！”阿因觉得这话不错，便从小篮里取出花生米来，给蒲公英们一人一粒。蒲公英们都笑了，大家鞠一个躬，谢谢他。阿因再走上山，月亮姐姐又跟着他走，快慢完全一样。虽然不能携手，一路上都好谈话，不知不觉，已到山顶。山顶上有方平原，平原中央有一块大石，一块小石。阿因坐了小石，就把小篮里的花生米和巧克力倒在大石上，开始野餐了。他叫道：“大家来吃东西！”山顶四周围站着的松树一齐“哗啦哗啦”地笑起来。阿因向四周一望，但见他们一个长，一个短，一个蓬头，一个尖头，大家正在探头探脑地望着石桌上的花生米和巧克力，嘴里都滴着口水呢。忽然附近发出一阵娇嫩的喊声，原来是睡在石桌周围的杜鹃花们：“阿因哥哥，你这时候还来野餐？我们早已睡着，被你惊醒了！谁带你上来的呀？”

阿因点着上面说：“月亮姐姐带我上来的！杜鹃花妹妹，你们睡得这么早，真是无聊！大家快点起来吃东西吧？今晚月亮姐姐这样高兴，你们不可不陪她。你们看，她的脸孔从来没有这样地白，这样地圆，这样地大；从来没有这样地可爱的呢！”

白云听见了阿因、杜鹃花们、松树们的笑语声，慢慢地从远方跑过来，也要来参加这野餐大会了。白云走到了石桌顶上，望着花生米和巧克力吞唾液。忽然松树们、杜鹃花们，一齐喊起来：

“白云伯伯，让开点，不要遮住月亮姐姐！”同时月亮姐姐也在上面喊起来：

“白云伯伯最讨厌！他老是欢喜站在我的面前，使我看不到你们。”

松树们大家同情月亮姐姐，接着说道：

“对啊！白云伯伯不但欢喜遮住我，有时竟会走下来，蒙住我们的头，气闷得很！这人真讨厌！”

杜鹃花们也娇声娇气地喊起来：“白云伯伯怕你们吃东西，所以拿他那个庞大的身体来遮住你们。他想一人独吃这花生米和巧克力呢！”

白云被他们说得难为情起来，只好让开。但他的身体实在庞大，行动很不自由，过了好一会，阿因方才看见月亮姐姐的脸。白云伯伯被骂，阿因觉得太可怜了。他就劝道："白云伯伯，你下次站在月亮姐姐的后面，就好了。何必一定站在她前面呢？你横竖身体伟大，她遮不到你的呢！"

月亮姐姐扑嗤地笑起来。白云伯伯说："阿因哥儿，你不知道我的苦处，我是不能走到她后面去的。她的身体实在太娇小，我的身体实在太庞大，一不小心，就要遮住她。如今我有办法：我把身体变个样子，站在她的周围，好不好？"

阿因、松树、杜鹃花们大家赞美。白云就慢慢地变样子，先把身子伸长，变成一条，然后弯转来，变成一个白环，绕在月亮姐姐的四周。底下的人们看了这变态，大家拍手喝彩，大家吃东西，高兴得很！从此大家不讨厌白云伯伯，而且请他多吃点东西了。

大家吃饱了东西，月亮姐姐的身体渐渐地横下去，好像想休息的样子。阿因说："我们散会吧，月亮姐姐疲倦了，大家明天再会！"月亮姐姐要送他下山。阿因说："你要休息了，不必送我下山。就叫松树哥哥送我下去吧！"

杜鹃花们一齐笑起来。松树说："阿因弟弟，要是我们走得动，我们很想送你下去，看看世景，可惜我们是走不动的呀！我有办法：叫我们的溪涧妹妹代送吧。她是一天到晚欢喜跑路的。"

溪涧接着说话了："我因为忙得很，没有参加你们的野餐会。但你们的谈话我都听见；而且风伯伯把你们的花生米和巧克力包纸都带给我吃了。香气倒很好。谢谢你们。我原要下山去，就由我代表你们，陪送阿因哥儿下山吧。"

阿因就跟了溪涧妹妹一齐下山。溪涧妹妹会唱许多的歌，在路上唱给阿因听，一直唱到阿因家的门前的河岸边，方始"再会"分手。阿因在路上，从溪涧妹妹学得了一曲最好听的歌。他一边唱着，一边走进屋里去，直到听见他母亲的声音："阿因，你睡梦里唱的歌真好听！"他方始停唱。张开眼睛一看，只见母亲坐在床前的椅子上，泥娃娃笑嘻嘻地站在他的枕头旁边，等候他起来同她玩呢。

卅六〔1947〕年清明于西湖作

忆儿时[1]

一

我回忆儿时，有三件不能忘却的事。

第一件是养蚕。那是我五六岁时、我祖母在日的事。我祖母是一个豪爽而善于享乐的人，良辰佳节不肯轻轻放过。养蚕也每年大规模地举行。其实，我长大后才晓得，祖母的养蚕并非专为图利，叶贵的年头常要蚀本，然而她喜欢这暮春的点缀，故每年大规模地举行。我所喜欢的，最初是蚕落地铺。那时我们的三开间的厅上、地上统是蚕，架着经纬的跳板，以便通行及饲叶。蒋五伯挑了担到地里去采叶，我与诸姐跟了去，去吃桑葚。蚕落地铺的时候，桑葚已很紫而甜了，比杨梅好吃得多。我们吃饱之后，又用一张大叶做一只碗，采了一碗桑葚，跟了蒋五伯回来。蒋五伯饲蚕，我就以走跳板为戏乐，常常失足翻落地铺里，压死许多蚕宝宝，祖母忙喊蒋

---

① 本篇原载1927年6月10日《小说月报》第18卷第6号。

五伯抱我起来，不许我再走。然而这满屋的跳板，像棋盘街一样，又很低，走起来一点也不怕，真是有趣。这真是一年一度的难得的乐事！所以虽然祖母禁止，我总是每天要去走。

蚕上山之后，全家静默守护，那时不许小孩子们吵了，我暂时感到沉闷。然而过了几天，采茧，做丝，热闹的空气又浓起来了。我们每年照例请牛桥头七娘娘来做丝。蒋五伯每天买枇杷和软糕来给采茧、做丝、烧火的人吃。大家认为现在是辛苦而有希望的时候，应该享受这点心，都不客气地取食。我也无功受禄地天天吃多量的枇杷与软糕，这又是乐事。

七娘娘做丝休息的时候，捧了水烟筒，伸出她左手上的短少半段的小指给我看，对我说：做丝的时候，丝车后面，是万万不可走近去的。她的小指，便是小时候不留心被丝车轴棒轧脱的。她又说："小囡囡不可走近丝车后面去，只管坐在我身旁，吃枇杷，吃软糕。还有做丝做出来的蚕蛹，叫妈妈油炒一炒，真好吃哩！"然而我始终不要吃蚕蛹，大概是我爸爸和诸姐都不要吃的缘故。我所乐的，只是那时候家里的非常的空气。日常固定不动的堂窗、长台、八仙椅子，都收拾去，而变成不常见的丝车、匾、缸。又不断地公然地可以吃小食。

丝做好后，蒋五伯口中唱着"要吃枇杷，来年蚕罢"，收拾丝车，恢复一切陈设。我感到一种兴尽的寂寥。然而对于这种变换，倒也觉得新奇而有趣。

现在我回忆这儿时的事，常常使我神往！祖母、蒋五伯、七娘娘和诸姐都像童话里、戏剧里的人物了。且在我看来，他们当时这剧的主人公便是我。何等甜美的回忆！只是这剧的题材，现在我仔细想想觉得不好：养蚕做丝，在生计上原是幸福的，然其本身是数万的生灵的杀虐！《西青散记》里面有两句仙人的诗句："自织藕丝衫子嫩，可怜辛苦赦春蚕。"安得人间也发明织藕丝的丝车，而尽赦天下的春蚕的性命！

我七岁上祖母死了[①]，我家不复养蚕。不久父亲与诸姐弟相继死亡，家道衰落了，我的幸福的儿时也过去了。因此这回忆一面使我永远神往，一面又使我永远忏悔。

二

第二件不能忘却的事，是父亲的中秋赏月，而赏月之乐的中心，在于吃蟹。

我的父亲中了举人之后，科举就废，他无事在家，每天吃酒，看书。他不要吃羊、牛、猪肉，而喜欢吃鱼、虾之类。而对于蟹，尤其喜欢。自七八月起直到冬天，父亲平日的晚酌规定吃一只蟹，

① 作者祖母卒于1902年12月，当时作者五岁。

《西青散记》里面有两句仙人的诗句：
“自织藕丝衫子嫩，可怜辛苦赦春蚕。”
安得人间也发明织藕丝的丝车，
而尽赦天下的春蚕的性命！

一碗隔壁豆腐店里买来的开锅热豆腐干。他的晚酌，时间总在黄昏。八仙桌上一盏洋油灯，一把紫砂酒壶，一只盛热豆腐干的碎瓷盖碗，一把水烟筒，一本书，桌子角上一只端坐的老猫，我脑中这印象非常深刻，到现在还可以清楚地浮现出来。我在旁边看，有时他给我一只蟹脚或半块豆腐干。然我喜欢蟹脚。蟹的味道真好，我们五个姊妹兄弟，都喜欢吃，也是为了父亲喜欢吃的缘故。只有母亲与我们相反，喜欢吃肉，而不喜欢又不会吃蟹，吃的时候常常被蟹螯上的刺刺开手指，出血；而且抉剔得很不干净，父亲常常说她是外行。父亲说："吃蟹是风雅的事，吃法也要内行才懂得。"先折蟹脚，后开蟹斗……脚上的拳头（即关节）里的肉怎样可以吃干净，脐里的肉怎样可以剔出……脚爪可以当作剔肉的针……蟹螯上的骨头可拼成一只很好看的蝴蝶……父亲吃蟹真是内行，吃得非常干净。所以陈妈妈说："老爷吃下来的蟹壳，真是蟹壳。"

蟹的储藏所，就在天井角落里的缸里，经常总养着十来只。到了七夕、七月半、中秋、重阳等节候上，缸里的蟹就满了，那时我们都有得吃，而且每人得吃一大只，或一只半。尤其是中秋一天，兴致更浓。在深黄昏，移桌子到隔壁的白场[1]上的月光下面去吃。更深人静，明月底下只有我们一家的人，恰好围成一桌，此外只有

① 白场，作者家乡话，即场地。

一个供差使的红英坐在旁边。大家谈笑，看月亮，他们——父亲和诸姐——直到月落明光，我则半途睡去，与父亲和诸姐不分而散。

这原是为了父亲嗜蟹，以吃蟹为中心而举行的。故这种夜宴，不仅限于中秋，有蟹的节季里的月夜，无端也要举行数次。不过不是良辰佳节，我们少吃一点，有时两人分吃一只。我们都学父亲，剥得很精细，剥出来的肉不是立刻吃的，都积受在蟹斗里，剥完之后，放一点姜醋，拌一拌，就作为下饭的菜，此外没有别的菜了。因为父亲吃菜是很省的，而且他说蟹是至味，吃蟹时混吃别的菜肴，是乏味的。我们也学他，半蟹斗的蟹肉，过两碗饭还有余，就可得父亲的称赞，又可以白口吃下余多的蟹肉，所以大家都勉力节省。现在回想那时候，半条蟹腿肉要过两大口饭，这滋味真好！自父亲死了以后，我不曾再尝这种好滋味。现在，我已经自己做父亲，况且已经茹素，当然永远不会再尝这滋味了。唉！儿时欢乐，何等使我神往！

然而这一剧的题材，仍是生灵的杀虐！因此这回忆一面使我永远神往，一面又使我永远忏悔。

三

第三件不能忘却的事，是与隔壁豆腐店里的王囡囡的交游，而这交游的中心，在于钓鱼。

自父亲死了以后，
我不曾再尝这种好滋味。
现在，我已经自己做父亲，
况且已经茹素，当然永远不会再尝这滋味了。
唉！儿时欢乐，何等使我神往！

那是我十二三岁时的事，隔壁豆腐店里的王囡囡是当时我的小侣伴中的大阿哥。他是独子，他的母亲、祖母和大伯，都很疼爱他，给他很多的钱和玩具，而且每天放任他在外游玩。他家与我家贴邻而居。我家的人们每天赴市，必须经过他家的豆腐店的门口，两家的人们朝夕相见，互相来往。小孩们也朝夕相见，互相来往。此外他家对于我家似乎还有一种邻人以上的深切的交谊，故他家的人对于我特别要好，他的祖母常常拿自产的豆腐干、豆腐衣等来送给我父亲下酒。同时在小侣伴中，王囡囡也特别和我要好。他的年纪比我大，气力比我好，生活比我丰富，我们一道游玩的时候，他时时引导我，照顾我，犹似长兄对于幼弟。我们有时就在我家的染坊店里的榻上玩耍，有时相偕出游。他的祖母每次看见我俩一同玩耍，必叮嘱囡囡好好看待我，勿要相骂。我听人说，他家似乎曾经患难，而我父亲曾经帮他们忙，所以他家大人们吩咐王囡囡照应我。

我起初不会钓鱼，是王囡囡教我的。他叫他大伯买两副钓竿，一副送我，一副他自己用。他到米桶里去捉许多米虫，浸在盛水的罐头里，领了我到木场桥头去钓鱼。他教给我看，先捉起一个米虫来，把钓钩由虫尾穿进，直穿到头部。然后放下水去。他又说："浮珠一动，你要立刻拉，那么钩子钩住鱼的颚，鱼就逃不脱。"我照他所教的试验，果然第一天钓了十几头白条，然而都是他帮我拉钓竿的。

第二天，他手里拿了半罐头扑杀的苍蝇，又来约我去钓鱼。途中他对我说：“不一定是米虫，用苍蝇钓鱼更好。鱼喜欢吃苍蝇！”这一天我们钓了一小桶各种的鱼。回家的时候，他把鱼桶送到我家里，说他不要。我母亲就叫红英去煎一煎，给我下晚饭。

自此以后，我只管欢喜钓鱼。不一定要王囡囡陪去，自己一人也去钓，又学得了掘蚯蚓来钓鱼的方法。而且钓来的鱼，不仅够自己下晚饭，还可送给店里的人吃，或给猫吃。我记得这时候我的热心钓鱼，不仅出于游戏欲，又有几分功利的兴味在内。有三四个夏季，我热心于钓鱼，给母亲省了不少的菜蔬钱。

后来我长大了，赴他乡入学，不复有钓鱼的工夫。但在书中常常读到赞咏钓鱼的文句，例如什么“独钓寒江雪”，什么“渔樵度此身”，才知道钓鱼原来是很风雅的事。后来又晓得有所谓“游钓之地”的美名称，是形容人的故乡的。我大受其煽惑，为之大发牢骚：我想“钓鱼确是雅的，我的故乡，确是我的游钓之地，确是可怀的故乡”。但是现在想想，不幸而这题材也是生灵的杀虐！

我的黄金时代很短，可怀念的又只有这三件事。不幸而都是杀生取乐，都使我永远忏悔。

一九二七年梅雨时节

梦痕[①]

我的左额上有一条同眉毛一般长短的疤。这是我儿时游戏中在门槛上跌破了头颅而结成的。相面先生说这是破相，这是缺陷。但我自己美其名曰“梦痕”。因为这是我的梦一般的儿童时代所遗留下来的唯一的痕迹。由这痕迹可以探寻我的儿童时代的美丽的梦。

我四五岁时，有一天，我家为了“打送”（吾乡风俗，亲戚家的孩子第一次上门来做客，辞去时，主人家必做几盘包子送他，名曰“打送”）某家的小客人，母亲、姑母、婶母和诸姐们都在做米粉包子。厅屋的中间放一只大匾，匾的中央放一只大盘，盘内盛着一大堆粘土一般的米粉，和一大碗做馅用的甜甜的豆沙。母亲们大家围坐在大匾的四周。各人卷起衣袖，向盘内摘取一块米粉来，捏做一只碗的形状；挟取一筷豆沙来藏在这碗内；然后把碗口收拢

---

① 本篇原载1934年7月20日《人世间》第8期。当时题名为《疤》。收入《随笔二十篇》时，改名《梦痕》。后由作者稍加删节，改名《黄金时代》，又收入作者自编的《率真集》（上海万叶书店1946年10月初版）。

来，做成一个圆子。再用手法把圆子捏成三角形，扭出三条绞丝花纹的脊梁来；最后在脊梁凑合的中心点上打一个红色的“寿”字印子，包子便做成。一圈一圈地陈列在大匾内，样子很是好看。大家一边做，一边兴高采烈地说笑。有时说谁的做得太小，谁的做得太大；有时盛称姑母的做得太玲珑，有时笑指母亲的做得像个饼。笑语之声，充满一堂。这是年中难得的全家欢笑的日子。而在我，做孩子们的，在这种日子更有无上的欢乐；在准备做包子时，我得先吃一碗甜甜的豆沙。做的时候，我只要吵闹一下子，母亲们会另做一只小包子来给我当场就吃。新鲜的米粉和新鲜的豆沙，热热地做出来就吃，味道是好不过的。我往往吃一只不够，再吵闹一下子就得吃第二只。倘然吃第二只还不够，我可嚷着要替她们打寿字印子。这印子是不容易打的：蘸的水太多了，打出来一塌糊涂，看不出寿字；蘸的水太少了，打出来又不清楚；况且位置要摆得正，歪了就难看；打坏了又不能揩抹涂改。所以我嚷着要打印子，是母亲们所最怕的事。她们便会和我商量，把做圆子收口时摘下来的一小粒米粉给我，叫我“自己做来自己吃”。这正是我所盼望的主目的！开了这个例之后，各人做圆子收口时摘下来的米粉，就都得照例归我所有。再不够时还得要求向大盘中扭一把米粉来，自由捏造各种黏土手工：捏一个人，团拢了，改捏一个狗；再团拢了，再改捏一支水烟管……捏到手上的龌龊都混入其中，而雪白的米粉变成了灰色的时候，我再向她们要一朵豆沙来，裹成各种三不像的东西，吃下肚子里去。这一天因为我吵得特别厉害些，姑母做了两只小巧玲珑的包子给我吃，母亲又外加摘一团米粉给我玩。为求自由，我不在那场上吃弄，拿了到店堂里，和五哥哥一同玩弄。五哥者，后来我知道是我们店里的学徒，但在当时我只知道他是我儿时的最亲爱的伴侣。他的年纪比我长，智力比我高，胆量比我大，他常做出种种我所意想不到的玩意儿来，使得我惊奇。这一天我把包子和米粉拿出去同他共玩，他就寻出几个印泥菩萨的小型的红泥印子来，教我印米粉菩萨。

后来我们争执起来，他拿了他的米粉菩萨逃。我就拿了我的米粉菩萨追。追到排门旁边，我跌了一跤，额骨磕在排门槛上，磕了眼睛大小的一个洞，便昏迷不省。等到知觉的时候，我已被抱在母亲手里，外科郎中蔡德本先生，正在用布条向我的头上重重叠叠地包裹。

自从我跌伤以后，五哥哥每天乘店里空闲的时候到楼上来省问我。来时必然偷偷地从衣袖里摸出些我所爱玩的东西来——例如关在自来火匣子里的几只叩头虫，洋皮纸人头，老菱壳做成的小脚，顺治铜钿[①]磨成的小刀等——送给我玩，直到我额上结成这个疤。

① 顺治铜钿，指清朝顺治年间铸造的圆形方孔铜币。

讲起我额上的疤的来由，我的回想中印象最清楚的人物，莫如五哥哥。而五哥哥的种种可惊可喜的行状，与我的儿童时代的欢乐，也便跟了这回想而历历地浮出到眼前来。

他的行为的顽皮，我现在想起了还觉吃惊。但这种行为对于当时的我，有莫大的吸引力，使我时时刻刻追随他，自愿地做他的从者。他用手捉住一条大蜈蚣，摘去了它的有毒的钩爪，而藏在衣袖里，走到各处，随时拿出来吓人。我跟了他走，欣赏他的把戏。他有时偷偷地把这条蜈蚣放在别人的瓜皮帽子上，让它沿着那人的额骨爬下去，吓得那人直跳起来。有时怀着这条蜈蚣去登坑，等候邻席的登坑者正在拉粪的时候，把蜈蚣丢在他的裤子上，使得那人扭着裤子乱跳，累了满身的粪。又有时当众人面前他偷把这条蜈蚣放在自己的额上，假装被咬的样子而号啕大哭起来，使得满座的人惊惶失措，七手八脚地为他营救。正在危急存亡的时候，他伸起手来收拾了这条蜈蚣，忽然破涕为笑，一缕烟逃走了。后来这套戏法渐渐做穿，有的人警告他说，若是再拿出蜈蚣来，要打头颈拳[①]了。于是他换出别种花头来：他躲在门口，等候警告打头颈拳的人将走出门，突然大叫一声，倒身在门槛边的地上，乱滚乱撞，哭着嚷着，说是践踏了一条臂膀粗的大蛇，但蛇是已经窜进榻底下去了。

① 打头颈拳，作者家乡话，意即打耳光。

他的行为的顽皮，
我现在想起了还觉吃惊。
但这种行为对于当时的我，
有莫大的吸引力，
使我时时刻刻追随他，
自愿地做他的从者。

走出门来的人被他这一吓，实在魂飞魄散；但见他的受难比他更深，也无可奈何他，只怪自己的运气不好。他看见一群人蹲在岸边钓鱼，便参加进去，和蹲着的人闲谈。同时偷偷地把其中相接近的两人的辫子梢头结住了，自己就走开，躲到远处去作壁上观。被结住的两人中若有一人起身欲去，滑稽剧就演出来给他看了。诸如此类的恶戏，不胜枚举。

现在回想他这种玩耍，实在近于为虐的戏谑。但当时他热心地创作，而热心地欣赏的孩子，也不止我一个。世间的严正的教育者！请稍稍原谅他的顽皮！我们的儿时，在私塾里偷偷地玩了一个折纸手工，是要遭先生用铜笔套管在额骨上猛钉几下，外加在至圣先师孔子之神位面前跪一支香的！

况且我们的五哥哥也曾用他的智力和技术来发明种种富有趣味的玩意，我现在想起了还可以神往。暮春的时候，他领我到田野去偷新蚕豆。把嫩的生吃了，而用老的来做“蚕豆水龙”。其做法，用煤头纸火把老蚕豆荚熏得半熟，剪去其下端，用手一捏，荚里的两粒豆就从下端滑出，再将荚的顶端稍稍剪去一点，使成一个小孔。然后把豆荚放在水里，待它装满了水，以一手的指捏住其下端而取出来，再以另一手的指用力压榨豆荚，一条细长的水带便从豆荚的顶端的小孔内射出。制法精巧的，射水可达一二丈之远。他又教我“豆梗笛”的做法：摘取豌豆的嫩梗长约寸许，以一端塞入口中轻轻咬嚼，吹时便发嗜嗜之音，再摘取蚕豆梗的下段，长约四五寸，用指爪在梗上均匀地开几个洞，作成笛的样子。然后把豌豆梗插入这笛的一端，用两手的指随意启闭各洞而吹奏起来，其音宛如无腔之短笛。他又教我用洋蜡烛的油作种种的浇造和塑造。用芋艿或番薯镌刻种种的印版，大类现今的木版画。……诸如此类的玩意，亦复不胜枚举。

现在我对这些儿时的乐事久已缘远了。但在说起我额上的疤的来由时，还能热烈地回忆神情活跃的五哥哥和这种兴致蓬勃的玩意儿。谁言我左额上的疤痕是缺陷？这是我的儿时欢乐的左证，我的黄金时代的遗迹。过去的事，一切都同梦幻一般地消灭，没有痕迹留存了。只有这个疤，好像是“脊杖二十，刺配军州”时打在脸上的金印，永久地明显地录着过去的事实，一说起就可使我历历地回忆前尘。仿佛我是在儿童世界的本贯地方犯了罪，被刺配到这成人社会的“远恶军州”来的。这无期的流刑虽然使我永无还乡之望，但凭这脸上的金印，还可回溯往昔，追寻故乡的美丽的梦啊！

一九三四年六月七日

清晨[1]

吃过早粥，走出堂前，在阶沿石上立了一会。阳光从东墙头上斜斜地射进来，照明了西墙头的一角。这一角傍着一大丛暗绿的芭蕉，显得异常光明。它的反光照耀全庭，使花坛里的千年红、鸡冠花和最后的蔷薇，都带了柔和的黄光。光滑的水门汀受了这反光，好像一片混浊的泥水。我立在阶沿石上，就仿佛立在河岸上了。

一条瘦而憔悴的黄狗，用头抵开了门，走进庭中来。它走到我的面前，立定了，俯下去嗅嗅我的脚，又仰起头来看我的脸。这眼色分明带着一种请求之情。我回身向内，想从余剩的早食中分一碗白米粥给它吃。忽然想起邻近有吃粞粥及糠饭的人，又踌躇地转身向了外。那狗似乎知道我的心事的，越发在我面前低昂盘旋，且嗅且看，又发出一种“呜呜”的声音。这声音仿佛在说：“狗也是天之生物！狗也要活！”我正踌躇，李妈出来收早粥，看见了狗

① 本篇原载1936年4月10日《新少年》第1卷第7期。

便说:“这狗要饿杀快[①]了!宝官[②],来厨房里拿些镬焦给它吃吃吧。”我的问题就被代为解决。不久宝官拿了一小箩镬焦出来,先放一撮在水门汀上。那狗拼命地吃,好像防人来抢似的。她一撮一撮喂它,好像防它停食似的。

我在庭中散步了好久,回到堂前,看见狗正在吃最后的一撮。我站在阶沿石上看它吃。我觉得眼梢头有一件小的东西正在移动。俯身一看,离开狗头一二尺处,有一群蚂蚁,正在扛抬狗所遗落的镬焦。许多蚂蚁围绕在一块镬焦的四周,扛了它向西行,好像一朵会走的黑瓣白心的菊花。它们的后面,有几个空手的蚂蚁跑着,好像是护卫;它们的前面有无数空手的蚂蚁引导着,好像是先锋。这列队约有二丈多长,从狗头旁边直达阶沿石缝的洞口——它们的家里。我蹲在阶沿上,目送这朵会走的菊花。一面呼唤正在浇花的宝官,叫她来共赏。她放下了浇花壶,走来蹲在水门汀上,比我更热心地观赏起来,我叫她留心管着那只狗,防恐它再吃得不够,走过来舔食了这朵菊花。她等狗吃完,把它驱逐出门,就安心地来看蚂蚁的清晨的工作了。

这块镬焦很大,作椭圆形,看来是由三四粒饭合成的。它们扛

① 饿杀快,江南一带方言,意即快饿死。

② 作者家乡一带对小主人称×官。

了一会，停下来，好像休息一下，然后扛了再走。扛手也时有变换。我看见一个蚂蚁从众扛手中脱身而出，径向前去。我怪他卸责，目送它走。看见另一个蚂蚁从对方走来。它们二人在交臂时急急地亲了一个吻，然后各自前去。后者跑到菊花旁边，就挤进去，参加扛抬的工作，好像是前者请来的替工。我又看见一个蚂蚁贴身在一个扛手的背后，好像在咬它。过了一会，那被咬者退了出来，自向前跑，那咬者便挤进去代它扛抬了。我看了这些小动物的生活，不禁摇头太息，心中起了浓烈的感兴。我忘却了一切，埋头于蚂蚁的观察中。我自己仿佛已经化了一个蚂蚁，也在参加这扛抬粮食的工作了。我一望它们的前途，着实地担心起来。为的是离开它们一二尺的前方，有两根晒衣竹竿横卧在水门汀上，阻住它们的去路。先锋的蚂蚁空着手爬过，已觉周折，这笨重的粮食如何扛过这两重畸形的山呢？忽然觉悟了我自己是人，何不用人力去助它们一下呢？我就叫宝官把竹竿拿开。并且嘱咐她轻轻的，不要惊动了蚂蚁。她拿开了第二根时，菊花已经移行到第一根旁边而且已在努力上山了。我便叫她住手，且来观看。这真是畸形的山，山脚凹进，山腰凸出。扛抬粮食上山，非常吃力！后面的扛手站住不动，前面的扛手把后脚爬上山腰，然后死命地把粮食抬起来，使它架空。于是山腰的人死命地拖，地上的人死命地送。结果连物带人拖上山去。我和宝官一直叫着“杭育，杭育”帮它们着力，到这时候不期地同喊一声“好啊！”各抽一口大气。

下山的时候，又是一番挣扎；但比上山容易得多。前面的扛手先把身体挂了下来，后面的扛手自然被粮食的重量拖下，跌到地上。另有两人扛了一粒小饭粒从后面跟来。刚爬上山，又跌了下去。来了一个帮手，三人抬过山头。前面的菊花形的大群已去得很远了。

菊花形的大群走了一大程平地，前面又遇到了障碍。这是一个不可超越的峭壁，而且壁的四周都是水，深可没顶。宝官抱歉地自责起来：“唉！我怎么把这把浇花壶放在它们的运粮大道上！不幸而这又是漏的！”继而认真地担忧了：“它们迷了路怎么办呢？”继而狂喜地提议：“赶快把壶拿开，给它们架一爿桥吧。”她正在寻找桥梁的材木，那三个扛抬的一组早已追过大群，先到水边，绕着水走去了。不久大群也到水边，跟了它们绕行，我唤回了宝官，依旧用眼睛帮它们扛抬。我们计算绕水所多走的路程，约有三尺光景！而且海岸线曲折多端，转弯抹角，非常吃力，这点辛劳明明是宝官无心地赠给它们的！我们所惊奇者：蚂蚁似乎个个带着指南针。任凭转几个弯，任凭横走，逆行，他们决不失向。迤逦盘旋了好久，终于绕到了水的对岸。现在离它们的家只有四五尺，而且都是平地了。我的心便从蚂蚁的世界中醒回来。我站起身来，挺一挺腰。我想等它们扛进洞时，再蹲下去看。暂时站在阶沿石上同宝官谈些话。

“这也是一种生物，它们也要活。人类的生活实在不及……”我正想说下去，外面走进我们店里的染匠司务来。他提着早餐的饭篮，要送进灶间去。当他通过我们的前面时，他正在和宝官说什么话。我和宝官听他说话，暂时忘记了蚂蚁的事。等到我注意到的时候。他的左脚正落在这大群蚂蚁的上面，好像飞来峰一般。我急忙捉住他的臂，提他的身体，连喊“踏不得！踏不得！”他吓得不知所以，像化石一般，顶着脚尖，一动也不动。我用力搬开他的腿。看见他的脚踵底下，一朵白心黑瓣的菊花无恙地在那里移行。宝官用手拍拍自己的心，说道“还好还好，险险乎！”染匠司务俯下去看了一看，起来也用手拍拍自己的心，说道“还好还好，险险乎！”他放下了饭篮，和我们一同观赏了一会，赞叹了一会。当他提了饭篮走进屋里去的时候，又说一声“还好还好，险险乎！”

我对宝官说：“这染匠司务不是戒杀者，他欢喜吃肉，而且会杀鸡。但我看他对于这大群蚂蚁的‘险险乎’，真心地着急；对于它们的‘还好还好’，真心地庆幸。这是人性中最可贵的‘同情’的发现。人要杀蚂蚁，既不犯法，又不费力，更无人来替它们报仇。然而看了它们的求生的天性，奋斗团结的精神，和努力，挣扎的苦心，谁能不起同情之心，而对于眼前的小动物加以爱护呢？我们并不要禁杀蚂蚁，我们并不想繁殖蚂蚁的种族。但是，倘有看了

人要杀蚂蚁，
既不犯法，又不费力，
更无人来替它们报仇。
然而看了它们的求生的天性，
奋斗团结的精神，
和努力，挣扎的苦心，
谁能不起同情之心，
而对于眼前的小动物加以爱护呢？

上述的状态，而能无端地故意地歼灭它们的人，其人定是丧心病狂之流，失却了人性的东西。我们所惜的并非蚂蚁的生命，而是人类的同情心。”宝官也举出一个实例来。说她记得幼时有一天，也看见过今日般的状态。大家正在观赏的时候，有某恶童持热水壶来，冲将下去。大家被他吓走，没有人敢回顾。我听了毛发悚然。推想这是水灾而兼炮烙，又好比油锅地狱！推想这孩子倘做了支配者，其杀人亦复如是！古来桀纣之类的暴徒，大约是由这种恶童变成的吧！

扛抬粮食的蚂蚁经过了长途的跋涉，出了染匠司务脚底的险，现在居然达到了家门口。我们又蹲下去看。然而如何搬进家里，我又替它们担起心来。因为它们的门洞开在两块阶沿石缝的上端，离平地约有半尺之高。从水门汀上扛抬到门口，全是断崖削壁！以前的先锋，现在大部分集中在门口，等候粮食从削壁上搬运上来。其一部分参加搬运之役。挤不进去的，附在别人后面，好像是在拉别人的身体，间接拉上粮食来。大块而沉重的粮食时时摇动，似欲翻落。我们为它们捏两把汗。将近门口，忽然一个失手，竟带了许多扛抬者，砰然下坠。我们同情之余，几欲伸手代为拾起，甚至欲到灶间里去抓一把饭粒来塞进洞门里。但是我们没有实行。因为教它们依赖，出于姑息；当它们豢物，近于侮辱。蚂蚁知道了，定要拒绝我们。你看，它们重整旗鼓，再告奋勇。不久，居然把这件重大的粮食扛上削壁，搬进洞门里了。

朝阳已经照到芭蕉树上。时钟打九下。正是我们开始工作的时光了。宝官自去读书，我也带了这些感兴，走进我的书室去。

廿四〔1935〕年十月六日在石门湾

白象[1]

白象是我家的爱猫，本来是我的次女林先家的爱猫，再本来是段老太太家的爱猫。

抗战初，段老太太带了白象逃难到大后方。胜利后，又带了它复员到上海，与我的次女林先及吾婿宋慕法邻居。不知为了什么原因，段老太太把白象和它的独子小白象寄交林先、慕法家，变成了他们的爱猫。我到上海，林先、慕法又把白象寄交我，关在一只无锡面筋的笼里，上火车，带回杭州，住在西湖边上的小屋里，变成了我家的爱猫。

白象真是可爱的猫！不但为了它浑身雪白，伟大如象，又为了它的眼睛一黄一蓝，叫作“日月眼”。它从太阳光里走来的时候，瞳孔细得几乎没有，两眼竟像话剧舞台上所装置的两只光色不同的电灯，见者无不惊奇赞叹。收电灯费的人看见了它，几乎忘记拿钞

① 本篇曾连载于1947年5月30日至6月1日《申报·自由谈》。

票；查户口的警察看见了它，也暂时不查了。

白象到我家后，慕法、林先常写信来，说段老太太已迁居他处，但常常来他们家访问小白象，目的是探望白象的近况。我的幼女一吟，同情于段老太太的离愁，常常给白象拍照，寄交林先转交段老太太，以慰其相思。同时对于白象，更增爱护。每天一吟读书回家，或她的大姐陈宝教书回家，一坐倒，白象就跳到她们的膝上，老实不客气地睡了。她们不忍拒绝，就坐着不动，向人要茶，要水，要换鞋，要报看。有时工人不在身边，我同老妻就当听差，送茶，送水，送鞋，送报。我们是间接服侍白象。

有一天，白象不见了。我们侦骑四出，遍寻不得。正在担忧，它偕同一只斑花猫，悄悄地回来了，大家惊喜。女工秀英说，这是招贤寺里的雄猫，说过笑起来。经过一个短促的休止符，大家都笑起来。原来它是到和尚寺里去找恋人去了，害得我们急死。

此后斑花猫常来，它也常去，大家不以为奇。我觉得白象更可爱了。因为它不像鲁迅先生的猫，恋爱时在屋顶上怪声怪气，吵得他不能读书写稿，而用长竹竿来打。后来它的肚皮渐渐大起来了。约摸两三个月之后，它的肚皮大得特别，竟像一只白象了。我们用一只旧箱子，把盖拿去，作为它的产床。有一天，它临盆了，一胎五子，三只雪白的，两只斑花的。大家称庆，连忙叫男工樟鸿到岳坟去买新鲜鱼来给它调将。女孩子们天天冲克宁奶粉给它吃。

小猫日夜长大，两星期之后，都会爬动。白象育儿耐苦得很，日夜躺卧，让五个孩子纠缠。它的身体庞大，在五只小猫看来，好比一个丘陵。它们恣意爬上爬下，好像西湖上的游客爬孤山一样。这光景真是好看！

不料有一天，一只小花猫死了。我的幼儿新枚，哭了一场，拿一条美丽牌香烟的匣子，当作棺材，给它成殓，葬在西湖边的草地中。余下的四只，就特别爱惜。我家有七个孩子，三个在外，四个在杭州，他们就把四只小猫分领，各认一只。长女陈宝领了花猫，三女宁馨、幼女一吟、幼儿新枚，各领一只白猫。这就好比乡下人把孩子过房给庙里的菩萨一样，有了“保佑”，“长命富贵”。大约因为他们不是菩萨，不能保佑；过一会，一只小白猫又死了。剩下三只，一花二白，都很健康，看看已能吃鱼吃饭，不必全靠吃奶了。白象的母氏劬劳，也渐渐减省。它不必日夜躺着喂奶，可以随时出去散步，或跳到女孩子们的膝上去睡觉了。女孩子们笑它：“做了母亲还要别人抱？”它不理，管自睡在人家怀里。

有一天，白象不回来吃中饭。“难道又到和尚寺里去找恋人了？”大家疑问。等到天黑，终于不回来。秀英当夜到寺里去寻，不见。明天，又不回来。问题严重起来，我就写二张海报：“寻猫：敝处走失日月眼大白猫一只。如有仁人君子觅得送还，奉酬法币十万元。储款以待，绝不食言。××路××号谨启。”过了两天，有邻人来言，“前几天看见一只大白猫死在地藏庵与复性书院之间的水沼里，恐怕是你们的。”我们闻耗奔丧，找不到尸体。问地藏庵里的警察，也说不知；又说，大概清道夫取去了。我们回家，大家沉默志哀，接着就讨论它的死因。有的说是它自己失脚落水，有的说是顽童推它下水，莫衷一是。后来新枚来报告，邻家的孩子曾经看见一只大白猫死在水沼上的大柳树根上。后来被人踢到水沼里。孩子不会说诳，此说大约可靠。且我听说，猫不肯死在家里，自知临命终了，必远行至无人处，然后辞世。故此说更觉可靠。我觉得这点“猫性”，颇可赞美。这有壮士风，不愿死户牖下儿女之手中，而情愿战死沙场，马革裹尸。这又有高士风，不愿病死在床上，而情愿遁迹深山，不知所终。总之，白象却已不在“猫间”了。

白象失踪的第二天，林先从上海来杭。一到，先问白象。骤闻噩耗，惊慌失色。因为她原是受了段老太太之托，此番来杭将把白象带回上海，重归旧主的。相差一天，天缘何悭！然而天实为之，谓之何哉。所幸它还有三个遗孤，虽非日月眼，而壮健活泼，足以承继血统。为防损失，特把一匹小花猫寄交我的好友家。其余两匹小白猫，常在我的身边。每逢我架起了脚看报或吃酒的时候，它们爬到我的两只脚上，一高一低，一动一静，别人看见了都要笑。我倒已经习以为常，似觉一坐下来，脚上天生成有两只小猫的。

一九四七年五月二十七日于杭州作

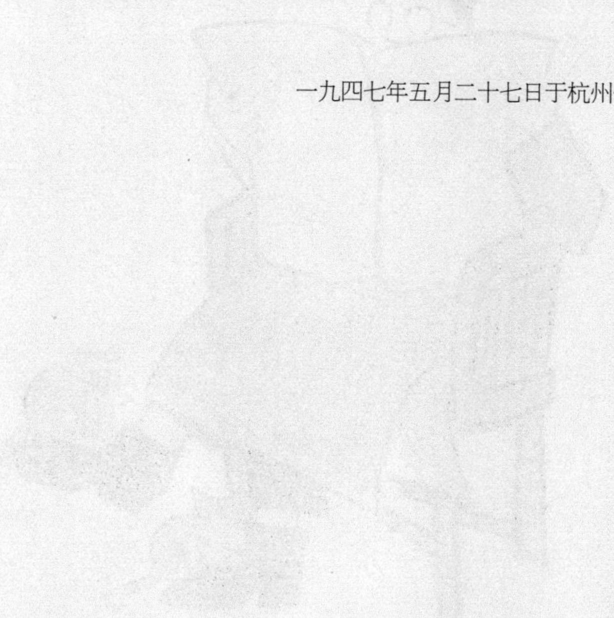

每逢我架起了脚看报或吃酒的时候，
它们爬到我的两只脚上，
一高一低，一动一静，
别人看见了都要笑。
我倒已经习以为常，
似觉一坐下来，
脚上天生成有两只小猫的。

阿咪[①]

阿咪者，小白猫也。十五年前我曾为大白猫“白象”写文。白象死后又曾养一黄猫，并未为它写文。最近来了这阿咪，似觉非写不可了。盖在黄猫时代我早有所感，想再度替猫写照。但念此种文章，无益于世道人心，不写也罢。黄猫短命而死之后，写文之念遂消。直至最近，友人送了我这阿咪，此念复萌，不可遏止。率尔命笔，也顾不得世道人心了。

阿咪之父是中国猫，之母是外国猫。故阿咪毛甚长，有似兔子。想是秉承母教之故，态度异常活泼，除睡觉外，竟无片刻静止。地上倘有一物，便是它的游戏伴侣，百玩不厌。人倘理睬它一下，它就用姿态动作代替言语，和你大打交道。此时你即使有要事在身，也只得暂时搬开，与它应酬一下；即使有懊恼在心，也自会忘怀一切，笑逐颜开。哭的孩子看见了阿咪，会破涕为笑呢。

① 本篇原载1962年8月《上海文学》第35期。

我家平日只有四个大人和半个小孩。半个小孩者，便是我女儿的干女儿，住在隔壁，每星期三天宿在家里，四天宿在这里，但白天总是上学。因此，我家白昼往往岑寂，写作的埋头写作，做家务的专心家务，肃静无声，有时竟像修道院。自从来了阿咪，家中忽然热闹了。厨房里常有保姆的话声或骂声，其对象便是阿咪。室中常有陌生的笑谈声，是送信人或邮递员在欣赏阿咪。来客之中，送信人及邮递员最是枯燥，往往交了信件就走，绝少开口谈话。自从家里有了阿咪，这些客人亲昵得多了。常常因猫而问长问短，有说有笑，送出了信件还是留连不忍遽去。

访客之中，有的也很枯燥无味。他们是为公事或私事或礼貌而来的，谈话有的规矩严肃，有的啰唆疙瘩，有的虚空无聊，谈完了天气之后只得默守冷场。然而自从来了阿咪，我们的谈话有了插曲，有了调节，主客都舒畅了。有一个为正经而来的客人，正在侃侃而谈之时，看见阿咪姗姗而来，注意力便被吸引，不能再谈下去，甚至我问他也不回答了。又有一个客人向我叙述一件颇伤脑筋之事，谈话冗长曲折，连听者也很吃力。谈至中途，阿咪蹦跳而来，无端地仰卧在我面前了。这客人正在愤慨之际，忽然转怒为喜，停止发言，赞道："这猫很有趣！"便欣赏它，抚弄它，获得了片时的休息与调节。有一个客人带了个孩子来。我们谈话，孩子不感兴味，在旁枯坐。我家此时没有小主人可陪小客人，我正抱歉，忽然阿咪从沙发下钻出，抱住了我的脚。于是大小客人共同欣赏阿咪，三人就团结一气了。后来我应酬大客人，阿咪替我招待小客人，我这主人就放心了。原来小朋友最爱猫，和它厮伴半天，也不厌倦；甚至被它抓出了血也情愿。因为他们有一共通性：活泼好动。女孩子更喜欢猫，逗它玩它，抱它喂它，劳而不怨。因为她们也有个共通性：娇痴亲昵。

写到这里，我回想起已故的黄猫来了。这猫名叫“猫伯伯”。在我们故乡，伯伯不一定是尊称。我们称鬼为“鬼伯伯”，称贼为“贼伯伯”。故猫也不妨称为“猫伯伯”。大约过于特殊而引人注目的人物，都可讥讽地称之为伯伯。这猫的确是特殊而引人注目的。我的女儿最喜欢它。有时她正在写稿，忽然猫伯伯跳上书桌来，面对着她，端端正正地坐在稿纸上了。她不忍驱逐，就放下了笔，和它玩耍一会。有时它竟盘拢身体，就在稿纸上睡觉了，身体仿佛一堆牛粪，正好装满了一张稿纸。有一天，来了一位难得光临的贵客。我正襟危坐，专心应对。“久仰久仰”，“岂敢岂敢”，有似演剧。忽然猫伯伯跳上矮桌来，嗅嗅贵客的衣袖。我觉得太唐突，想赶走它。贵客却抚它的背，极口称赞：“这猫真好！”话头转向了猫，紧张的演剧就变成了和乐的闲谈。后来我把猫伯伯抱开，放在地上，希望它去了，好让我们演完这一幕。岂知过得不久，忽然猫伯伯跳到沙发背后，迅速地爬上贵客的背脊，端端正正地坐在他的后颈上了！这贵客身体魁梧奇伟，背脊颇有些驼，坐着喝茶时，猫伯伯看来是个小山坡，爬上去很不吃力。此时我但见贵客的天官赐福的面孔上方，露出一个威风凛凛的猫头，画出来真好看呢！我以主人口气呵斥猫伯伯的无礼，一面起身捉猫。但贵客摇手阻止，把头低下，使山坡平坦些，让猫伯伯坐得舒服。如此甚好，我也何必做煞风景的主人呢？于是主客关系亲密起来，交情深入了一步。

可知猫是男女老幼一切人民大家喜爱的动物。猫的可爱，可说是群众意见。而实际上，如上所述，猫的确能化岑寂为热闹，变枯燥为生趣，转懊恼为欢笑；能助人亲善，教人团结。即使不捕老鼠，也有功于人生。那么我今为猫写照，恐是未可厚非之事吧？猫伯伯行年四岁，短命而死。这阿咪青春尚只三个月。希望它长寿健康，像我老家的老猫一样，活到十八岁。这老猫是我的父亲的爱物。父亲晚酌时，它总是端坐在酒壶边。父亲常常摘些豆腐干喂它。六十年前之事，今犹历历在目呢。

壬寅〔1962〕年仲夏于上海作

猫的确能化岑寂为热闹，
变枯燥为生趣，转懊恼为欢笑；
能助人亲善，教人团结。
即使不捕老鼠，也有功于人生。

幸福儿童

邻家的小朋友黄昏到我家来玩，看见了我总说“公公讲故事！”公公肚里的故事讲完了，只得回忆过去，把旧时的见闻讲给他们听，聊以塞责。有一晚，讲解放前黑暗社会里的儿童的不幸，我说：“我们现在所住的地方，从前是外国人管的，叫作法租界。住在这里的外国人很凶，中国人很苦。我有一个朋友，家住在这里，他出门到远地方去了，家里只剩一个妈妈和两个孩子，一个男的八岁，一个女的六岁。有一次，这两个孩子饿了三天，没有吃饭！”小朋友睁大了眼睛问：“为什么？为什么？”我继续讲：“那一天早上，两个孩子还没有起来，妈妈提了篮出门去买米。有一个外国小孩在路上跌了一跤，外国小孩的妈妈看见她走在小孩旁边，就硬说是她把他推倒的，拉住了她，喊起巡捕来。那巡捕见外国人怕，见中国人欺侮，就把这妈妈拉到巡捕房里，把她关进牢监里，关了三天。两个孩子在家里等妈妈回来烧早饭吃，等了一天不回来，等了两天不回来；等到第三天晚上，妈妈才哭着回来，一看，两个孩子躺在地板上，一动也不动，快饿死了，因为三天没有吃饭了。”小朋友大家提出质问。有一个说：“他们为什么不到隔壁人家去吃饭呢？”我说：“那时候隔壁人家是不来往的，死了人也不管。”另一个问：“他们为什么不到食堂里去吃饭呢？”我说：“那时候没有食堂，要吃饭只有自家烧。”第三个小朋友问：“那么他们为什么不到你家去吃饭呢？”我说：“我家住的地方很远，正像小冰家到这里一样远，两个孩子自己怎么会去呢？”——小冰者，就是我外孙，他的弟弟叫毛头，那时两人都不满十岁，星期天常常自己乘电车到我家来玩，和邻家的小朋友很要好的。——这小朋友就反驳：“那么，小冰和毛头为什么自己会来？”我说：“那时候上海坏人多，小孩子独自出门要被人欺侮，或者被人拐去，不像现在那样……”我说到这里，心中赫然地显出一幅新旧社会明暗对比图，就不期地拍着这几个小朋友的肩膀说：“你们真是幸福儿童啊！”

在现今的新社会里，儿童真幸福呢！就像今晚，里弄里的儿童到我家来玩，要公公讲故事，这种情况恐怕也是住过旧上海的人所不能想象的吧。在从前，上海地方五方杂处，良莠不齐。邻人一概不认识。即使一家住在楼上，一家住在楼下，也绝不往来，绝不招呼。所以居民一有缓急，除非有亲戚朋友来支援，邻人是死活不管的。现在呢，这个中国最大的都市里，不止五方杂处，然而人们都互相亲善了。里弄居民守望相助，痛痒相关。所谓“远亲不及近

这个中国最大的都市里，
不止五方杂处，
然而人们都互相亲善了。
里弄居民守望相助，痛痒相关。

邻”这句古话，在黑暗的旧社会里一时失却了意义，在光明的新社会里重新恢复其真理了。

里弄有食堂可以供居民吃饭，这也是新社会居民的新幸福之一。在从前，各家必须各自买菜、生火、煮饭。即使一家只有一两个人，也得另起炉灶。即使十分烦忙，也得自己造饭。现在各里弄都有了食堂。居民如果有空，或者欢喜自己弄点小菜吃吃，就在自己家里做饭；如果人少或很忙，没有工夫买菜、生火、煮饭、洗碗，那么就可到食堂里去吃。这真是价廉物美、童叟无欺的。因为食堂是居民自己办的，没有人从中剥削。如果母亲不回来，孩子可以自由地到食堂吃饭。食堂里的服务员就是邻人，都认识孩子们，就像母亲一样照顾孩子们。所以我邻家的小朋友们都不相信我那朋友家的两个孩子饿了三天。

新上海的电车、汽车的司机和售票员，和旧上海的大大地不同了。他们都照顾乘客，尤其是老人和小孩。像我这样的老人，无论电车怎样拥挤，一上车就有人让坐位。我的外孙小冰和毛头，住在虹口四平路，离开我家十多里路，来时要转两次或三次电车。然而小冰八九岁上就独自乘电车来望外公外婆。有时吃了夜饭，玩了一会，到八九点钟才回家。然而一向平安无事。因为司机、售票员和乘客都照顾小孩，他们就同跟着父母出门一样。有一个星期天早晨，他的七岁的弟弟毛头忽然一个人来了。我吃惊地问：“你一个人来的？”他说：“哥哥有事，我一个人来了。”我问：“你会上电车的？”他说：“有一次人多，上车是一个解放军叔叔抱我上去的，下车是售票员抱我下来的。”

这种社会状况我现在已经看惯，不以为奇了。那天晚上被邻家的几个小朋友一问，我才深切地感到新旧社会的明暗之别，和新旧时代儿童的幸不幸之差，就在儿童节上写这篇随笔，告诉侨居海外的家长和儿童。

一九六一年儿童节前于上海

给我的孩子们[①]

我的孩子们！我憧憬于你们的生活，每天不止一次！我想委曲地说出来，使你们自己晓得。可惜到你们懂得我的话的意思的时候，你们将不复是可以使我憧憬的人了。这是何等可悲哀的事啊！

瞻瞻！你尤其可佩服。你是身心全部公开的真人。你什么事体都像拼命地用全副精力去对付。小小的失意，像花生米翻落地了，自己嚼了舌头了，小猫不肯吃糕了，你都要哭得嘴唇翻白，昏去一两分钟。外婆普陀去烧香买回来给你的泥人，你何等鞠躬尽瘁地抱他，喂他；有一天你自己失手把他打破了，你的号哭的悲哀，比大人们的破产，失恋，broken heart〔心碎〕，丧考妣，全军覆没的悲哀都要真切。两把芭蕉扇做的脚踏车，麻雀牌堆成的火车，汽车，你何等认真地看待，挺直了嗓子叫“汪——”“咕咕咕……”，来代替汽笛。宝姐姐讲故事给你听，说到“月亮姐姐挂下一只篮来，宝

① 本篇原载1926年12月26日《文学周报》第4卷第6期，署名：子恺。

你的号哭的悲哀，
比大人们的破产，失恋，broken heart［心碎］，丧考妣，
全军覆没的悲哀都要真切。

姐姐坐在篮里吊了上去，瞻瞻在下面看”的时候，你何等激昂地同她争，说：“瞻瞻要上去，宝姐姐在下面看！”甚至哭到漫姑[①]面前去求审判。我每次剃了头，你真心地疑我变了和尚，好几时不要我抱。最是今年夏天，你坐在我膝上发见了我腋下的长毛，当作黄鼠狼的时候，你何等伤心，你立刻从我身上爬下去，起初眼瞪瞪地对我端相，继而大失所望地号哭，看看，哭哭，如同对被判定了死罪的亲友一样。你要我抱你到车站里去，多多益善地要买香蕉，满满地擒了两手回来，回到门口时你已经熟睡在我的肩上，手里的香蕉不知落在哪里去了。这是何等可佩服的真率，自然，与热情！大人间的所谓“沉默”“含蓄”“深刻”的美德，比起你来，全是不自然的，病的，伪的！

你们每天做火车，做汽车，办酒，请菩萨，堆六面画，唱歌，全是自动的，创造创作的生活。大人们的呼号“归自然！”“生活的艺术化！”“劳动的艺术化！”在你们面前真是出丑得很了！依样画几笔画，写几篇文的人称为艺术家，创作家，对你们更要愧死！

你们的创作力，比大人真是强盛得多哩：瞻瞻！你的身体不及椅子的一半，却常常要搬动它，与它一同翻倒在地上；你又要把一

① 漫姑，即作者的三姐丰满。

杯茶横转来藏在抽斗里，要皮球停在壁上，要拉住火车的尾巴，要月亮出来，要天停止下雨。在这等小小的事件中，明明表示着你们的小弱的体力与智力不足以应付强盛的创作欲、表现欲的驱使，因而遭逢失败。然而你们是不受大自然的支配，不受人类社会的束缚的创造者，所以你的遭逢失败，例如火车尾巴拉不住，月亮呼不出来的时候，你们决不承认是事实的不可能，总以为是爹爹妈妈不肯帮你们办到，同不许你们弄自鸣钟同例，所以愤愤地哭了，你们的世界何等广大！

你们一定想：终天无聊地伏在案上弄笔的爸爸，终天闷闷地坐在窗下弄引线的妈妈，是何等无气性的奇怪的动物！你们所视为奇怪动物的我与你们的母亲，有时确实难为了你们，摧残了你们，回想起来，真是不安心得很！

阿宝！有一晚你拿软软的新鞋子，和自己脚上脱下来的鞋子，给凳子的脚穿了，划袜立在地上，得意地叫“阿宝两只脚，凳子四只脚”的时候，你母亲喊着“龌龊了袜子！”立刻擒你到藤榻上，动手毁坏你的创作。当你蹲在榻上注视你母亲动手毁坏的时候，你的小心里一定感到“母亲这种人，何等杀风景而野蛮”吧！

瞻瞻！有一天开明书店送了几册新出版的毛边的《音乐入门》来。我用小刀把书页一张一张地裁开来，你侧着头，站在桌边默默地看。后来我从学校回来，你已经在我的书架上拿了一本连史纸印

宝姐姐讲故事给你听，
说到“月亮姐姐挂下一只篮来，宝姐姐坐在篮里吊了上去，瞻瞻在下面看”的时候，
你何等激昂地同她争，说：“瞻瞻要上去，宝姐姐在下面看！”

阿宝！
有一晚你拿软软的新鞋子，
和自己脚上脱下来的鞋子，
给凳子的脚穿了，刬袜立在地上，
得意地叫“阿宝两只脚，凳子四只脚”的时候，
你母亲喊着“龌龊了袜子！”

的中国装的《楚辞》，把它裁破了十几页，得意地对我说："爸爸！瞻瞻也会裁了！"瞻瞻！这在你原是何等成功的欢喜，何等得意的作品！却被我一个惊骇的"哼！"字喊得你哭了。那时候你也一定抱怨"爸爸何等不明"吧！

软软！你常常要弄我的长锋羊毫，我看见了总是无情地夺脱你。现在你一定轻视我，想道："你终于要我画你的画集的封面！"[①]

最不安心的，是有时我还要拉一个你们所最怕的陆露沙医生来。教他用他的大手来摸你们的肚子，甚至用刀来在你们臂上割几下，还要教妈妈和漫姑擒住了你们的手脚，捏住了你们的鼻子，把很苦的水灌到你们的嘴里去。这在你们一定认为太无人道的野蛮举动吧！

孩子们！你们真果抱怨我，我倒欢喜；到你们的抱怨变为感谢的时候，我的悲哀来了！

我在世间，永没有逢到像你们样出肺肝相示的人。世间的人群结合，永没有像你们样的彻底地真实而纯洁。最是我到上海去干了无聊的所谓"事"回来，或者去同不相干的人们做了叫做"上课"的一种把戏回来，你们在门口或车站旁等我的时候，我心中何等惭

---

① 《子恺画集》的封面画是软软所作。

愧又欢喜！惭愧我为什么去做这等无聊的事，欢喜我又得暂时放怀一切地加入你们的真生活的团体。

但是，你们的黄金时代有限，现实终于要暴露的。这是我经验过来的情形，也是大人们谁也经验过的情形。我眼看见儿时的伴侣中的英雄、好汉，一个个退缩，顺从，妥协，屈服起来，到像绵羊的地步。我自己也是如此。“后之视今，亦犹今之视昔”，你们不久也要走这条路呢！

我的孩子们！憧憬于你们的生活的我，痴心要为你们永远挽留这黄金时代在这册子里。然这真不过像“蜘蛛网落花”略微保留一点春的痕迹而已。且到你们懂得我这片心情的时候，你们早已不是这样的人，我的画在世间已无可印证了！这是何等可悲哀的事啊！

《子恺画集》代序，一九二六年耶诞节作①

① 作为《子恺画集》代序，本篇篇末所署为：1926年耶稣降诞节，病起，作于炉边。

第四章

静待岁月开成花

新年[1]

从无始到无终，时间浩荡地移行着，本无所谓快慢。但在人的感觉上，时间划分了段落似觉过得快些，同时感到爽快，混沌地移行似觉过得慢些，同时感到沉闷。这好比音乐：许多音漫无分别地连续奏下去，冗长而令听者感觉厌倦。若分了乐章、乐段、乐句，划了小节，便有变化，而令人感觉快适了。

自然的时间划分，是寒暑与昼夜。一寒一暑为一年，一昼一夜为一日。但由寒到暑，由暑到寒，微微地逐渐推移，浑无痕迹。人类嫌它冗长、散漫，便加以人工的划分。把一年划分为四季、十二个月，以求变化。阴历的月虽以月亮的一圆一缺为标准，但月亮的圆缺在实际上毕竟没有什么重大的影响，初一的白昼与十五的白昼并无分别。阳历的月就不管月亮的圆缺了，故十二月只能说是人工的划分。一个月有三十次昼夜，人类又嫌其冗长、散漫。再加以更

① 本篇原载1934年1月《中学生》第41号，当时题名为《新年的快乐》。

细的划分，以七天为一星期。这样一来，日子过起来爽快得多，转瞬又是星期日。来了四个星期日，便是一月。假使没有星期的划分，一个月中同样的昼夜反复三十次，岂不厌倦？所以家居的人时常感到沉闷，度学校生活的人便觉星期飞也似的过去。在地理书上看到一年中有数个月的长昼与长夜的两极地方的情形，谁也同情于他们的生活的苦闷。

但在昼夜一日一来复的温带上的生活中，一昼夜之间没有划分，仍嫌其冗长。便把它平分为十二时，或二十四小时。又把一小时分作六十分，一分分作六十秒。本来浑成一气的时间，现在就被切得粉碎，而部署为许多节段了。这样一来，人的度日就有了变化，而不觉其长。像学校的生活，一个上午划分作四个时间，一个时间内又划出五十分钟授课，十分钟休息。上课复休息，休息复上课，不知不觉之间，一上午过去，午膳的钟声已经响出了。小学校近来改用一刻钟或半小时为一课，划分尤为琐碎。儿童生活兴味旺盛，不能忍耐长时间的连续。给他们把时间这样细碎地划分了，他们便觉变化繁多，而不嫌其长，因而读书也有兴味了。古昔生活悠闲的诗人，春昼无事，静观默坐，便谓“日长如小年”。患失眠症的人觉得长夜漫漫，坐牢监的人度日如年。但生活繁忙的人只觉“光阴如箭”“日月如梭”。这虽是叹惜时间度送太忙的话，但当其度送之时，翻着日历写信，看着手表吃饭，抱着闹钟睡觉，只觉时间的经过变

自然的时间划分，是寒暑与昼夜。
一寒一暑为一年，
一昼一夜为一日。
但由寒到暑，由暑到寒，
微微地逐渐推移，浑无痕迹。

化百出，应接不暇，因而发生兴味，不觉沉闷之苦。这好比听赏节奏复杂而拍子急速的音乐，因其变化丰富，听者就不嫌乐曲之长。

可知时间划分愈细，感觉上过去愈快，生活上兴味愈多。故“快”就是“乐”，快乐称为“快活”。人生一方面求寿命之长，一方面又求生活过去之快，两者看似矛盾，而其实无妨。因为这是在实际上求寿命之长，而在感觉上求生活过去之快。人工的时间划分，便是在感觉上求生活过去之快的一法。

新年，也是在混沌的寒暑推移中用人工划分出来的时间的段落。虽然根据地球绕日的周期而定，然并不完全正确，阴历尤多参差。且在实际上，大晦日[①]与元旦同是冬令的一天，并无什么差别可以看出。所以也只能说是人工的划分。有了这划分，年的界限便判然，人的生活便觉爽快。有了这划分，人就可在元旦这一天的早上，兴致勃然地叫道：“新年开始了！”“恭贺新禧！”“发财发财！”好像从这一日起，天上换了一个新的太阳。

新年应是一年中最快乐的时间，应该说些快乐的话。但想来想去，也只是由时间划分而来的这一点，此外没有别的快乐可说，在这国难民穷的时候。

廿二〔1933〕年十二月七日于浙江

① 大晦日，日文意即除夕。

九日

唐人岑参诗云："强欲登高去，无人送酒来。遥怜故园菊，应傍战场开。"这是《九日思长安故园》的诗。我学生时代在《唐人万首绝句选》中读到这首诗，便很欢喜它，一直记忆着。这会旅途中到一处地方的小客栈里去投宿，抬头望见柜内老板娘的头顶的壁上挂着一个阴阳历对照的日历，其下面写着"九月初九"，便又忆起了这首"九日"诗。

从前的欢喜它，现在想起了可笑；我小时候欢喜喝酒，而学生时代不得公开地喝。到了秋深蟹正肥的时候，想起了故乡南湖大蟹正上市，菊花盛开，为之神往；但身为制服所羁绊，不得还乡去享受。酒欲不满足，便不惜把故乡比作战场，而无病呻吟地寄同情于岑参这首诗。这与大欲不满足的人嗟叹"世间何等荒凉！我的心何等寂寞！"同一心理。无病呻吟常可为满足欲望之物的代用品。

现在重忆这首诗，仍觉得可爱。但滋味与前不同。现在我不喝酒了，即使要登高去，也无须叫人送酒来，上面两句与我无关。但读到下面两句，似觉有强烈的感动，因而想起了最近的过去经历；前年[①]暮春，我搭了赴战地摄影的新闻记者汽车到江湾时，曾经看见坍圮了的旧寓中的小棕榈树，还青青地活着。虽然我在沪战前早已离去江湾，但这棕榈是我所手植的，这时候正傍着战场而欣欣向荣着。使我对那首诗强烈地感动的，便是这一点实地经历。

重阳将跟了废历而被废除了。登高将成为历史风俗中的事了。唐代的战场到现代早已沧海桑田了，但唐代人的这首《九日》诗，还能给现代人以强烈的感动。当此菊花盛开的时候，对于无数的战地丧家者，当更给以切身的感动呢。

廿二〔1933〕年十月

① 据立达学园校史，应为去年（即1932年）。

坍圮了的旧寓中的小棕榈树，
还青青地活着。
虽然我在沪战前早已离去江湾，
但这棕榈是我所手植的，
这时候正傍着战场而欣欣向荣着。

渐[1]

使人生圆滑进行的微妙的要素，莫如“渐”；造物主骗人的手段，也莫如“渐”。在不知不觉之中，天真烂漫的孩子“渐渐”变成野心勃勃的青年；慷慨豪侠的青年“渐渐”变成冷酷的成人；血气旺盛的成人“渐渐”变成顽固的老头子。因为其变更是渐进的，一年一年地、一月一月地、一日一日地、一时一时地、一分一分地、一秒一秒地渐进，犹如从斜度极缓的长远的山坡上走下来，使人不察其递降的痕迹，不见其各阶段的境界，而似乎觉得常在同样的地位，恒久不变，又无时不有生的意趣与价值，于是人生就被确实肯定，而圆滑进行了。假使人生的进行不像山坡而像风琴的键板，由do忽然移到re，即如昨夜的孩子今朝忽然变成青年；或者像旋律的“接离进行”地由do忽然跳到mi，即如朝为青年而夕暮忽

① 本篇原载1928年6月《一般》杂志第5卷第2号，署名：婴行。中华人民共和国成立后作者收入自编的《缘缘堂随笔》（人民文学出版社1957年11月初版）时，文末略有改动。

成老人，人一定要惊讶、感慨、悲伤，或痛感人生的无常，而不乐为人了。故可知人生是由“渐”维持的。这在女人恐怕尤为必要：歌剧中，舞台上的如花的少女，就是将来火炉旁边的老婆子，这句话，骤听使人不能相信，少女也不肯承认，实则现在的老婆子都是由如花的少女“渐渐”变成的。

人之能堪受境遇的变衰，也全靠这“渐”的助力。巨富的纨绔子弟因屡次破产而“渐渐”荡尽其家产，变为贫者；贫者只得做佣工，佣工往往变为奴隶，奴隶容易变为无赖，无赖与乞丐相去甚近，乞丐不妨做偷儿……这样的例，在小说中，在实际上，均多得很。因为其变衰是延长为十年二十年而一步一步地“渐渐”地达到的，在本人不感到有什么强烈的刺激。故虽到了饥寒病苦刑笞交迫的地步，仍是熙熙然贪恋着目前的生的欢喜。假如一位千金之子忽然变了乞丐或偷儿，这人一定愤不欲生了。

这真是大自然的神秘的原则，造物主的微妙的功夫！阴阳潜移，春秋代序，以及物类的衰荣生杀，无不暗合于这法则。由萌芽的春“渐渐”变成绿阴的夏；由凋零的秋“渐渐”变成枯寂的冬。我们虽已经历数十寒暑，但在围炉拥衾的冬夜仍是难以想象饮冰挥扇的夏日的心情；反之亦然。然而由冬一天一天地、一时一时地、一分一分地、一秒一秒地移向夏，由夏一天一天地、一时一时地、一分一分地、一秒一秒地移向冬，其间实在没有显著的痕迹可寻。

在不知不觉之中，
天真烂漫的孩子“渐渐”变成野心勃勃的青年；
慷慨豪侠的青年“渐渐”变成冷酷的成人；
血气旺盛的成人“渐渐”变成顽固的老头子。

昼夜也是如此：傍晚坐在窗下看书，书页上“渐渐”地黑起来，倘不断地看下去（目力能因了光的渐弱而渐渐加强），几乎永远可以认识书页上的字迹，即不觉昼之已变为夜。黎明凭窗，不瞬目地注视东天，也不辨自夜向昼的推移的痕迹。儿女渐渐长大起来，在朝夕相见的父母全不觉得，难得见面的远亲就相见不相识了。往年除夕，我们曾在红蜡烛底下守候水仙花开放，真是痴态！倘水仙花果真当面开放给我们看，便是大自然的原则的破坏，宇宙的根本的摇动，世界人类的末日临到了！

“渐”的作用，就是用每步相差极微极缓的方法来隐蔽时间的过去与事物的变迁的痕迹，使人误认其为恒久不变。这真是造物主骗人的一大诡计！这有一件比喻的故事：某农夫每天朝晨抱了犊而跳过一沟，到田里去工作，夕暮又抱了它跳过沟回家。每日如此，未尝间断。过了一年，犊已渐大，渐重，差不多变成大牛，但农夫全不觉得，仍是抱了它跳沟。有一天他因事停止工作，次日再就不能抱了这牛而跳沟了。造物的骗人，使人留连于其每日每时的生的欢喜而不觉其变迁与辛苦，就是用这个方法的。人们每日在抱了日重一日的牛而跳沟，不准停止。自己误以为是不变的，其实每日在增加其苦劳！

我觉得时辰钟是人生的最好的象征了。时辰钟的针，平常一看总觉得是“不动”的；其实人造物中最常动的无过于时辰钟的针了。日常生活中的人生也如此，刻刻觉得我是我，似乎这“我”永远不变，实则与时辰钟的针一样地无常！一息尚存，总觉得我仍是我，我没有变，还是留连着我的生，可怜受尽“渐”的欺骗!

“渐”的本质是“时间”。时间我觉得比空间更为不可思议，犹之时间艺术的音乐比空间艺术的绘画更为神秘。因为空间姑且不追究它如何广大或无限，我们总可以把握其一端，认定其一点。时间则全然无从把握，不可挽留，只有过去与未来在渺茫之中不绝地相追逐而已。性质上既已渺茫不可思议，分量上在人生也似乎太多。因为一般人对于时间的悟性，似乎只够支配搭船乘车的短时间；对于百年的长期间的寿命，他们不能胜任，往往迷于局部而不能顾及全体。试看乘火车的旅客中，常有明达的人，有的宁牺牲暂时的安乐而让其坐位于老弱者，以求心的太平（或博暂时的美誉）；有的见众人争先下车，而退在后面，或高呼：“勿要轧，总有得下去的！”“大家都要下去的！”然而在乘“社会”或“世界”的大火车的“人生”的长期的旅客中，就少有这样的明达之人。所以我觉得百年的寿命，定得太长。像现在的世界上的人，倘定他们搭船乘车的期间的寿命，也许在人类社会上可减少许多凶险残惨的争斗，而与火车中一样的谦让，和平，也未可知。

然人类中也有几个能胜任百年的或千古的寿命的人。那是“大人格”“大人生”。他们能不为“渐”所迷，不为造物所欺，而收缩无限的时间并空间于方寸的心中。故佛家能纳须弥于芥子。中国古诗人（白居易）说："蜗牛角上争何事？石火光中寄此身。"英国诗人（Blake[①]）也说："一粒沙里见世界，一朵花里见天国；手掌里盛住无限，一刹那便是永劫。"

一九二八年芒种[②]

① 即布莱克（1757—1827）。

② 本文篇末原未署日期。这里所署的日期是发表在《一般》杂志时篇末所署。作者在中华人民共和国成立后自编的《缘缘堂随笔》（人民文学出版社1957年11月初版）中，篇末误署为：1925年作。

故乡

在古人的诗词中，可以看见“归”“乡”“家”“故乡”“故园”“作客”“羁旅”等字屡屡出现，因此可以推想古人对于故乡是何等地亲爱，渴望，而对于离乡作客是何等地嫌恶的。其例不胜枚举，普通的如：

举头望明月，低头思故乡。（李白）

白日放歌须纵酒，青春作伴好还乡。（杜甫）

共看明月应垂泪，一夜乡心五处同。（白居易）

故园东望路漫漫，双袖龙钟泪不干。（岑参）

不知何处吹芦管，一夜征人尽望乡。（李益）

等是有家归未得，杜鹃休向耳边啼。（张泌）

想得故园今夜月，几人相忆在江楼。（杜荀鹤）

故园此去千余里，春梦犹能夜夜归。（顾况）

万里悲秋常作客。（杜甫）

忽闻歌古调，归思欲沾襟。（杜审言）

老至居人下，春归在客先。（刘长卿）

羁旅长堪醉，相留畏晓钟。（戴叔伦）

随便拿本《唐诗三百首》来翻翻，已经翻出了一打的实例了。以前我曾经说过，古人的诗词集子，几乎没有一页中没有“花”字，“月”字，“酒”字。现在又觉得“乡”字之多也不亚于上三者。由此推想，古人所大欲的大概就是“花”“月”“酒”“乡”四事。一个人只要能一生涯坐在故乡的家里对花邀月饮酒，就得其所哉。

现代人就不同：即使也不乏欢喜对花邀月饮酒的人，但不一定要在故乡的家里。不但如此，他们在故乡的家里对花邀月饮酒反而不畅快，因为乡村大都破产了。他们必须离家到大都会里去，对人为的花，邀人造的月，饮舶来的洋酒，方才得其所哉。

所以花、月和酒大概可以长为人类所爱慕之物；而乡之一字恐不久将为人所忘却。即使不被忘却，其意义也得变更：失却了“故乡”的意义，而仅存“乡村破产”的“乡”字的意义。

这变迁，原是由于社会状态不同而来。在古昔的是农业时代，一家可以累代同居在故乡的本家里生活。但到了现今的工商业时代，人都离去了破产的乡村而到大都会里去找生活，就无暇纪念他们的故乡。他们的子孙生在这个大都会里，长大后又转到别个大都会里去找生活，就在别个大都会里住家。在他们就只有生活的地方，而无所谓故乡。“到处为家”，在古代是少数的游方僧，侠客之类的事，在现代却变成了都会里的职工的行为，故前面所举的那种诗句，现在已渐渐失却其鉴赏的价值了。现在都会里的人举头望见明月，低头所思的或恐是亭子间里的小家庭。而青春作伴，现代人看来最好是离乡到都会去。至于因怀乡而垂泪，沾襟，双袖不干，或是春梦夜夜归乡，更是现代的都会之客所梦想不到的事了。艺术与生活的关系，于此可见一斑。农业时代的生活不可复现。然而大家离乡背井，拥挤到都会里去，又岂是合理的生活？

廿四〔1935〕年三月十日于石门湾

现在都会里的人举头望见明月，
低头所思的或恐是亭子间里的小家庭。
而青春作伴，
现代人看来最好是离乡到都会去。

闲居[①]

闲居，在生活上人都说是不幸的，但在情趣上我觉得是最快适的了。假如国民政府新定一条法律："闲居必须整天禁锢在自己的房间里"，我也不愿出去干事，宁可闲居而被禁锢。

在房间里很可以自由取乐：如果把房间当作一幅画看的时候，其布置就如画的"置陈"了。譬如书房，主人的座位为全局的主眼，犹之一幅画中的middle point〔中心点〕，须居全幅中最重要的地位。其他自书架、几、椅、藤床、火炉、壁饰、自鸣钟，以至痰盂、纸簏等，各以主眼为中心而布置，使全局的焦点集中于主人的座位，犹之画中的附属物，背景，均须有护卫主物，显衬主物的作用。这样妥帖之后，人在里面，精神自然安定，集中，而快适。这是谁都懂得，谁都可以自由取乐的事。虽然有的人不讲究自己的房间的布置，然走进一间布置很妥帖的房间，一定谁也觉得快适。这

① 本篇原载1927年7月10日《小说月报》第18卷第7号。

可见人都会鉴赏，鉴赏就是被动的创作，故可说这是谁也懂得，谁也可以自由取乐的事。

我在贫乏而粗末[①]的自己的书房里，常常欢喜作这个玩意儿。把几件粗陋的家具搬来搬去，一月中总要搬数回。搬到痰盂不能移动一寸，脸盆架子不能旋转一度的时候，便有很妥帖的位置出现了。那时候我自己坐在主眼的座上，环视上下四周，君临一切。觉得一切都朝宗于我，一切都为我尽其职司，如百官之朝天，众星之拱北辰。就是墙上一只很小的钉，望去也似乎居相当的位置，对全体为有机的一员，对我尽专任的职司。我统御这个天下，想象南面王的气概，得到几天的快适。

有一次我闲居在自己的房间里，曾经对自鸣钟寻了一回开心。自鸣钟这个东西，在都会里差不多可说是无处不有，无人不备的了。然而它这张脸皮，我看惯了真讨厌得很。罗马字的还算好看；我房间里的一只，又是粗大的数学码子的。数学的九个字，我见了最头痛，谁愿意每天做数学呢！有一天，大概是闲日月中的闲日，我就从墙壁上请它下来，拿油画颜料把它的脸皮涂成天蓝色，在上面画几根绿的杨柳枝，又用硬的黑纸剪成两只飞燕，用浆糊粘住在两只针的尖头上。这样一来，就变成了两只燕子飞逐在杨柳中间的

① 日语中有此词，意即粗陋、不精致。

虽然有的人不讲究自己的房间的布置，
然走进一间布置很妥帖的房间，
一定谁也觉得快适。
这可见人都会鉴赏，
鉴赏就是被动的创作，
故可说这是谁也懂得，
谁也可以自由取乐的事。

一幅圆额的油画了。凡在三点二十几分，八点三十几分等时候，画的构图就非常妥帖，因为两只飞燕适在全幅中稍偏的位置，而且追随在一块，画面就保住均衡了。辨识时间，没有数目字也是很容易的：针向上垂直为十二时，向下垂直为六时，向左水平为九时，向右水平为三时。这就是把圆周分为四个quarter〔一刻钟〕，是肉眼也很容易办到的事。一个quarter里面平分为三格，就得长针五分钟的距离了，这不十分容易正确，然相差至多不过一两分钟，只要不是天文台、电报局或火车站里，人家家里上下一两分钟本来是不要紧的。倘眼睛锐利一点，看惯之后，其实半分钟也是可以分明辨出的。这自鸣钟现在还挂在我的房间里，虽然惯用之后不甚新颖了，然终不觉得讨厌，因为它在壁上不是显明的实用的一只自鸣钟，而可以冒充一幅油画。

除了空间以外，闲居的时候我又欢喜把一天的生活的情调来比方音乐。如果把一天的生活当作一个乐曲，其经过就像乐章（movement）的移行了。一天的早晨，晴雨如何？冷暖如何？人事的情形如何？犹之第一乐章的开始，先已奏出全曲的根柢的"主题"（theme）。一天的生活，例如事务的纷忙，意外的发生，祸福的临门，犹如曲中的长音阶〔大音阶〕变为短音阶〔小音阶〕的，C调变为F调，adagio〔柔板〕变为allegro〔快板〕。其或昼永人闲，平安无事，那就像始终C调的andante〔行板〕的长大的乐章了。以气候而论，春日是孟檀尔伸〔门德尔松〕(Men delsson)，夏日是斐德芬〔贝多芬〕(Beethoven)，秋日是晓邦〔肖邦〕(Chopin)、修芒〔舒曼〕(Schumann)，冬日是修斐尔德〔舒柏特〕(Schubert)。这也是谁也可以感到，谁也可以懂得的事。试看无论什么机关里，团体里，做无论什么事务的人，在阴雨的天气，办事一定不及在晴天的起劲、高兴、积极。如果有不论天气，天天照常办事的人，这一定不是人，是一架机器。只要看挑到我们后门头来卖臭豆腐干的江北人，近来秋雨连日，他的叫声自然懒洋洋地低钝起来，远不如一月以前的炎阳下的“臭豆腐干！”的热辣了。

晨梦[①]

我常常在梦中晓得自己做梦。晨间，将醒未醒的时候，这种情形最多，这不是我一人独有的奇癖，讲出来常常有人表示同感。

近来我尤多经验这种情形：我妻到故乡去作长期的归宁，把两个小孩子留剩在这里，交托我管。我每晚要同他们一同睡觉。他们先睡，九点钟定静，我开始读书，作文，往往过了半夜，才钻进他们的被窝里。天一亮，小孩子就醒，像鸟儿地在我耳边喧聒，又不绝地催我起身。然这时候我正在晨梦，一面隐隐地听见他们的喧聒，一面作梦中的遨游。他们叫我不醒，将嘴巴合在我的耳朵上，大声疾呼“爸爸！起身了！”，立刻把我从梦境里拉出。有时我的梦正达于兴味的高潮，或还没有告段落，就回他们话，叫他们再唱一曲歌，让我睡一歇，连忙蒙上被头，继续进行我的梦游。这的确会继续进行，甚且打断两三次也不妨。不过那时候的情形很奇特：

① 本篇原载1927年11月10日《小说月报》第18卷第11号，署名：子恺。

一面寻找梦的头绪，继续演进，一面又能隐隐地听见他们的唱歌声的断片。即一面在热心地做梦中的事，一面又知道这是虚幻的梦。有梦游的假我，同时又有伴小孩子睡着的真我。

但到了孩子大哭，或梦完结了的时候，我也就毅然地起身了。披衣下床，“今日有何要务”的真我的正念凝集心头的时候，梦中的妄念立刻被排出意外，谁还留恋或计较呢？

“人生如梦”，这话是古人所早已道破的，又是一切人所痛感而承认的。那么我们的人生，都是——同我的晨梦一样——在梦中晓得自己做梦的了。这念头一起，疑惑与悲哀的感情就支配了我的全体，使我终于无可自解，无可自慰。往往没有穷究的勇气，就把它暂搁在一旁，得过且过地过几天再说。这想来也不是我一人的私见，讲出来一定有许多人表示同感吧！

因为这是众目昭彰的一件事：无穷大的宇宙间的七尺之躯，与无穷久的浩劫中的数十年，而能上穷星界的秘密，下探大地的宝藏，建设诗歌的美丽的国土，开拓哲学的神秘的境地。然而一到这脆弱的躯壳损坏而朽腐的时候，这伟大的心灵就一去无迹，永远没有这回事了。这个“我”的儿时的欢笑，青年的憧憬，中年的哀乐，名誉，财产，恋爱……在当时何等认真，何等郑重；然而到了那一天，全没有“我”的一回事了！哀哉，“人生如梦！”

然而回看人世，又觉得非常诧异：在我们以前，“人生”已被

这个“我”的儿时的欢笑，
青年的憧憬，中年的哀乐，名誉，财产，恋爱……
在当时何等认真，何等郑重；
然而到了那一天，
全没有“我”的一回事了！
哀哉，“人生如梦！”

反复了数千万遍，都像昙花泡影地倏现倏灭。大家一面明明知道自己也是如此，一面却又置若不知，毫不怀疑地热心做人。——做官的热心办公，做兵的热心体操，做商的热心算盘，做教师的热心上课，做车夫的热心拉车，做厨房的热心烧饭……还有做学生的热心求知识，以预备做人——这明明是自杀，慢性的自杀！

这便是为了人生的饱暖的愉快，恋爱的甘美，结婚的幸福，爵禄富厚的荣耀，把我们骗住，致使我们无暇回想，流连忘返，得过且过，提不起穷究人生的根本的勇气，糊涂到死。

“人生如梦！”不要把这句话当作文学上的装饰的丽句！这是当头的棒喝！古人所道破，我们所痛感而承认的。我们的人生的大梦，确是——同我的晨梦一样——在梦中晓得自己做梦的。我们一面在热心地做梦中的事，一面又知道这是虚幻的梦。我们有梦中的假我，又有本来的“真我”。我们毅然起身，披衣下床，真我的正念凝集于心头的时候，梦中的妄念立刻被置之一笑，谁还留恋或计较呢？

同梦的朋友们！我们都有“真我”的，不要忘记了这个“真我”，而沉酣于虚幻的梦中！我们要在梦中晓得自己做梦，而常常找寻这个“真我”的所在。

〔1927年〕

秋[1]

我的年岁上冠用了“三十”二字，至今已两年了。不解达观的我，从这两个字上受到了不少的暗示与影响。虽然明明觉得自己的体格与精力比二十九岁时全然没有什么差异，但“三十”这一个观念笼在头上，犹如张了一顶阳伞，使我的全身蒙了一个暗淡色的阴影，又仿佛在日历上撕过了立秋的一页以后，虽然太阳的炎威依然没有减却，寒暑表上的热度依然没有降低，然而只当得余威与残暑，或霜降木落的先驱，大地的节候已从今移交于秋了。

实际，我两年来的心情与秋最容易调和而融合。这情形与从前不同。在往年，我只慕春天。我最欢喜杨柳与燕子。尤其欢喜初染鹅黄的嫩柳。我曾经名自己的寓居为“小杨柳屋”，曾经画了许多杨柳燕子的画，又曾经摘取秀长的柳叶，在厚纸上裱成各种风调的眉，想象这等眉的所有者的颜貌，而在其下面添描出眼鼻与口。那

① 原载1929年10月10日《小说月报》第20卷第10号。

时候我每逢早春时节，正月二月之交，看见杨柳枝的线条上挂了细珠，带了隐隐的青色而“遥看近却无”的时候，我心中便充满了一种狂喜，这狂喜又立刻变成焦虑，似乎常常在说：“春来了！不要放过！赶快设法招待它，享乐它，永远留住它。”我读了“良辰美景奈何天”等句，曾经真心地感动。以为古人都太息一春的虚度，前车可鉴！到我手里绝不放它空过了。最是逢到了古人惋惜最深的寒食清明，我心中的焦灼便更甚。那一天我总想有一种足以充分酬偿这佳节的举行。我准拟作诗，作画，或痛饮，漫游。虽然大多不被实行；或实行而全无效果，反而中了酒，闹了事，换得了不快的回忆；但我总不灰心，总觉得春的可恋。我心中似乎只有知道春，别的三季在我都当作春的预备，或待春的休息时间，全然不曾注意到它们的存在与意义。而对于秋，尤无感觉：因为夏连续在春的后面，在我可当作春的过剩；冬先行在春的前面，在我可当作春的准备；独有与春全无关联的秋，在我心中一向没有它的位置。

自从我的年龄告了立秋以后，两年来的心境完全转了一个方向，也变成秋天了。然而情形与前不同：并不是在秋日感到像昔日的狂喜与焦灼。我只觉得一到秋天，自己的心境便十分调和。非但没有那种狂喜与焦灼，且常常被秋风秋雨秋色秋光所吸引而融化在秋中，暂时失却了自己的所在。而对于春，又并非像昔日对于秋的无感觉。我现在对于春非常厌恶。每当万象回春的时候，看到群花

我曾经名自己的寓居为“小杨柳屋”，
曾经画了许多杨柳燕子的画，
又曾经摘取秀长的柳叶，
在厚纸上裱成各种风调的眉，
想象这等眉的所有者的颜貌，
而在其下面添描出眼鼻与口。

我只觉得一到秋天，
自己的心境便十分调和。
非但没有那种狂喜与焦灼，
且常常被秋风秋雨秋色秋光所吸引而融化在秋中，
暂时失却了自己的所在。

的斗艳，蜂蝶的扰攘，以及草木昆虫等到处争先恐后地滋生繁殖的状态，我觉得天地间的凡庸，贪婪，无耻，与愚痴，无过于此了！尤其是在青春的时候，看到柳条上挂了隐隐的绿珠，桃枝上着了点点的红斑，最使我觉得可笑又可怜。我想唤醒一个花蕊来对它说："啊！你也来反复这老调了！我眼看见你的无数的祖先，个个同你一样地出世，个个努力发展，争荣竞秀；不久没有一个不憔悴而化泥尘。你何苦也来反复这老调呢？如今你已长了这孽根，将来看你弄娇弄艳，装笑装颦，招致了蹂躏，摧残，攀折之苦，而步你的祖先们的后尘！"

实际，迎送了三十几次的春来春去的人，对于花事早已看得厌倦，感觉已经麻木，热情已经冷却，绝不会再像初见世面的青年少女地为花的幻姿所诱惑而赞之，叹之，怜之，惜之了。况且天地万物，没有一件逃得出荣枯，盛衰，生灭，有无之理。过去的历史昭然地证明着这一点，无须我们再说。古来无数的诗人千篇一律地为伤春惜花费词，这种效颦也觉得可厌。假如要我对于世间的生荣死灭费一点词，我觉得生荣不足道，而宁愿欢喜赞叹一切的死灭。对于前者的贪婪，愚昧，与怯弱，后者的态度何等谦逊，悟达，而伟大！我对于春与秋的舍取，也是为了这一点。

夏目漱石三十岁的时候，曾经这样说："人生二十而知有生的利益；二十五而知有明之处必有暗；至于三十的今日，更知明多之处暗亦多，欢浓之时愁亦重。”我现在对于这话也深抱同感；有时又觉得三十的特征不止这一端，其更特殊的是对于死的体感。青年们恋爱不遂的时候惯说生生死死，然而这不过是知有“死”的一回事而已，不是体感。犹之在饮冰挥扇的夏日，不能体感到围炉拥衾的冬夜的滋味。就是我们阅历了三十几度寒暑的人，在前几天的炎阳之下也无论如何感不到浴日的滋味。围炉，拥衾，浴日等事，在夏天的人的心中只是一种空虚的知识，不过晓得将来须有这些事而已，但是不能体感它们的滋味。须得入了秋天，炎阳逞尽了威势而渐渐退却，汗水浸胖了的肌肤渐渐收缩，身穿单衣似乎要打寒噤，而手触法郎绒觉得快适的时候，于是围炉，拥衾，浴日等知识方能渐渐融入体验界中而化为体感。我的年龄告了立秋以后，心境中所起的最特殊的状态便是这对于“死”的体感。以前我的思虑真疏浅！以为春可以常在人间，人可以永在青年，竟完全没有想到死。又以为人生的意义只在于生，而我的一生最有意义，似乎我是不会死的。直到现在，仗了秋的慈光的鉴照，死的灵气钟育，才知道生的甘苦悲欢，是天地间反复过亿万次的老调，又何足珍惜？我但求此生的平安的度送与脱出而已。犹之罹了疯狂的人，病中的颠倒迷离何足计较？但求其去病而已。

我正要搁笔，忽然西窗外黑云弥漫，天际闪出一道电光，发出隐隐的雷声，骤然洒下一阵夹着冰雹的秋雨。啊！原来立秋过得不多天，秋心稚嫩而未曾老练，不免还有这种不调和的现象，可怕哉！

一九二九年秋日

不惑之礼[①]

廿六〔1937〕年阴历元旦，我破晓醒来，想道："从今天起，我应该说是四十岁了。"摸摸自己的身体看，觉得同昨天没有什么两样；检点自己的心情看，觉得同昨天也没有什么差异。只是"四十"这两个字在我心里作怪，使我不能再睡了。十年前，我的年岁开始冠用"三十"两字时，我觉得好像头上张了一把薄绸的阳伞，全身蒙了一个淡灰色的影子。现在，我的年岁上开始冠用"四十"两字时，我觉得好比这顶薄绸的阳伞换了一柄油布的雨伞，全身蒙了一个深灰色的影子了。然而这柄雨伞比阳伞质地坚强得多，周围广大得多，不但能够抵御外界的暴风雨，即使落下一阵卵子大的冰雹来，也不能中伤我。设或豺狼当道，狐鬼逼人起来，我还可以收下这柄雨伞来，充作禅杖，给它们打个落花流水呢。

阴历元旦的清晨，四周肃静，死气沉沉，只有附近一个学校里

---

① 本篇原载《宇宙风》1938年1月11日第57期。

的一群小学生，依旧上学，照常早操，而且喇叭吹得比平日更响，步伐声和喇叭一齐清楚地传到我的耳中。于是我起床了。盥洗毕，展开一张宣纸，抽出一支狼毫，一气呵成地写了这样的几句陶诗：

先师遗训，余岂云坠！四十不闻，斯不足畏。

脂我名车，策我名骥。千里虽遥，孰敢不至！

下面题上“廿六年古历元旦卯时缘缘堂主人书”，盖上一个“学不厌斋”的印章，装进一个玻璃框中，挂在母亲的遗像的左旁。古人二十岁行弱冠礼，我这一套仿佛是四十岁行的不惑之礼。

不惑之礼毕，我坐楼窗前吸纸烟。思想跟了晨风中的烟缕而飘曳了一会儿，不胜恐惧起来。因为我回想过去的四十年，发生了这样的一种感觉：我觉得，人生好比喝酒，一岁喝一杯，两岁喝两杯，三岁喝三杯……越喝越醉，越喝越痴，越迷，终而至于越糊涂，麻木若死尸。只要看孩子们就可知道：十多岁的大孩子，对于人生社会的种种怪现状，已经见惯不怪，行将安之若素了。只有七八岁的小孩子，有时把眼睛睁得桂圆大，惊疑地质问：“牛为什么肯被人杀来吃？”“叫化子为什么肯讨饭？”“兵为什么肯打仗？”……大孩子们都笑他发痴，我只见大孩子们自己发痴。他们已经喝了十多杯酒，渐渐地有些醉，已在那里痴迷起来，糊涂起

我觉得，
人生好比喝酒，
一岁喝一杯，两岁喝两杯，三岁喝三杯……
越喝越醉，越喝越痴，越迷，
终而至于越糊涂，麻木若死尸。

来，麻木起来了，可胜哀哉！我已经喝了四十杯酒，照理应该麻醉了。幸好酒量较好，还能知道自己醉。然而“人生”这种酒是越喝越浓，越浓越凶的。只管喝下去，我将来一定也有烂醉而不自知其醉的一日，为之奈何！

于是我历数诸师友，私自评较：像某某，数十年如一日，足见其有千钟不醉之量，不胜钦佩；像某某，对醉人时自己也烂醉，遇醒者时自己也立刻清醒，这是圣之时者，我也不胜钦佩；像某某，愈喝愈醉，几同脱胎换骨，全失本来面目，我仿佛死了一个朋友，不胜惋惜；像某某，醉迷已极，假作不醉，这是予所否者，不屑评较了。我又回溯古贤先哲，推想古代的人生社会，知道他们所喝的也是这一种酒，并没有比我们的和善。始知人的醉与不醉，不在乎酒的凶与不凶，而在乎量的大与不大。

我怕醉，而“人生”这种酒强迫我喝。在这“恶醉强酒”的生活之下，我除了增大自己的酒量以外，更没有别的方法可以避免喝酒。怎样增大我的酒量？只有请教“先师遗训”了。

于是我检出靖节诗集来，通读一遍，折转了三处书角。再拿出宣纸和狼毫来，抄录了这样的三首诗：

日暮天无云，春风扇微和。佳人美清夜，达曙酣且歌。
歌竟长叹息，持此感人多。皎皎云间月，灼灼叶中花。

岂无一时好，不久当如何？

迢迢百尺楼，分明望四荒。暮作归云宅，朝为飞鸟堂。
山河满目中，平原独茫茫。古时功名士，慷慨争此场。
一旦百岁后，相与还北邙。松柏为人伐，高坟互低昂。
颓基无遗主，游魂在何方。荣华诚足贵，亦复可怜伤！

人生归有道，衣食固其端。孰是都不营，而以求自安？
开春理常业，岁功聊可观。晨出肆微勤，日入负耒还。
山中饶霜露，风气亦先寒，田家岂不苦，弗获辞此难。
四体诚乃疲，庶无异患干，盥濯息檐下，斗酒散襟颜。
遥遥沮溺心，千载乃相关。但愿常如此，躬耕非所叹。

写好后，从头至尾阅读一遍，用朱笔在警句上加了些圈；好好地保存了。因为这好比一张醒酒的药方。以后“人生”的酒推上来时，只要按方服药，就会清醒。我的酒量就仿佛增大了。

这样，廿六年阴历元旦完成了我的不惑之礼。

廿六〔1937〕年八月二日于杭寓

古稀之贺[①]

翻译《源氏物语》时偶然放笔，抬起头来，看见座右挂着一个条幅，上面写着一首俳句：

古稀の贺の近ずき鹤の空晴る。（中译为：古稀之贺行看近，万里晴空任鹤飞。）

这是长于俳句的老朋友葛祖兰先生送我，预祝我七十之寿的。

我吟唱了一遍，想起自己已经年近古稀，觉得又惊又喜。惊的是流光如水，年华迅速；喜的是生逢盛世，老而益壮，年近古稀，还能抖擞精神地担任世界古典巨著《源氏物语》的翻译工作。我自己也觉得可贵。

我从三十岁起就辞去教师职务，从事绘画和译著，至今已历三十多年。这三十多年的长时期中，我究竟写了些什么呢？今天回

---

① 本篇日语译文原载1962年《人民中国》（日文版）第2号。中文原文曾载1962年9月26日香港《大公报》。

想：前面二十多年中所写的只是些零星琐屑的小文和漫画；后面十几年中却作了四种巨大的译著，即《猎人笔记》《西洋美术辞典》[①]《我的同时代人的一生》[②]，以及正在工作中的《源氏物语》。又画了许多大幅的绘画。

屠格涅夫著《猎人笔记》，我是在初解放的时候译的。所根据的原本是俄文本。中译本三十多万字，记得是在一年内译成的。

《西洋美术词典》是我和女儿丰一吟合编的，字数共约百余万。所根据的书籍是日本版的西洋美术辞典、苏联的百科全书，以及其他美术参考书。

柯罗连科著《我的同时代人的一生》，也是和女儿丰一吟合译的，全四卷，字数共约百余万。这部苏联古典巨著，不听见有英译本及日译本，中国过去也不曾译过。我们这回是最初的中译。

《源氏物语》这部世界最早（一〇〇六年完成）的长篇小说，英国和德国都有译本，中国却没有，我这回是初译。估计字数约有一百多万，预计约三年完成。

我自己觉得奇怪：二十多年的壮年期中写不出什么东西，十几

---

① 《西洋美术辞典》迄今未出版。

② 《我的同时代人的一生》即《我的同时代人的故事》（［俄］柯罗连科著），译者一度拟改为此名。

年的老年期中反而写出了四部巨大的译著，这是什么缘故呢？仔细回想，原来这是生活安定与不安定的关系。首先：在解放前，出版事业大都是私营的。书店老板剥削作者的劳动力，克扣稿费；他们大都不顾文化，唯利是图。译著者虽然有心从事富有文化价值的巨著的译作，却不容易获得出版的机会。因此我壮年期的工作，只是些零星的短文和漫画，谈不上什么成果。其次：更重要的原因是解放前作家生活没有保障，全靠稿费糊口，因此不得不迁就书店老板的需要，不能如意称心地从事富有文化价值的工作。我回想解放前，对每种译著工作，都不得不先计算一下稿费收入；有时还不得不和书店老板讨价还价，以防遭受剥削。但在解放后的今日，“稿费”两字我几乎已经忘记；我对每种译著工作，只是考虑它的文化价值，全不想起它的物质报酬。因为我的生活早有终身的保障（我是受国家月俸的），绝不贪图稿费；即使没有稿费也不妨，何况付稿费的不是剥削图利的书店老板，而是公正贤明的国营出版社呢！因此最近十几年来，我能够专心一志地从事译著和绘画；能够随心所欲地表现我的思想感情。因此在短短的十几年的老年期中，我的工作反而获得了成果。

还有一个附带的原因：我的女儿一吟能够经常替我当助手，也是促成这成果的一股力量。我在译著工作中，有时要查考书籍，有时要校勘原稿和校样，或者编制索引，抄写文稿，我不耐烦这些细致工作，这都是由她代劳的。倘在旧时代，她为了自己的生活问题，不得不进书店当编辑或者当教师，没有时间来替我当助手，我也没有力量另雇助手。但是现在她是上海编译所的所员，这编译所的制度是各人自由在家工作的，不必每天上办公室。她既有按月的生活津贴，又有稿费，生活不成问题；在她个人的工作之外，尚有时间可以帮助我的工作；而且天天在我身边，接洽十分便利。我最近十几年来的工作比过去廿几年的工作成果较大，这不可不说是一个附带的原因。

关于绘画，前后两时期的对比更是显著：在旧时代，我画小幅的漫画。这些漫画的题材，大都是人生社会的黑暗相和悲惨相。我曾在一九三六年出版的画集《人间相》的序文中说：“吾画既非装饰，又非赞美，更不可为娱乐；而皆人间之不调和相、不欢喜相与不可爱相，独何欤？东坡云：‘恶岁诗人无好语。’若诗画通似，则窃比吾画于诗可也。”我当时有一个图章，上面刻的是“速朽之作”四个字。因为我希望这种黑暗相和悲惨相早日消灭，让我另画一种欢喜相和可爱相。我这希望，果然在解放之后实现了！我早已把这颗图章毁弃。

解放之后，我眼前的黑暗都变成了光明，因此我的画笔活跃了，我的画面扩大了，我的画材丰富多彩了。我每次旅行，画材满载而归。全国许多报纸上都登载我的画。许多地方挂着我的画。我已刊行了一册儿童画集，不久又将刊一册更大的画集。十几年来，我在绘画方面的成果并不亚于译著方面呢！

“古稀の贺の近ずき鹤の空晴る。”我的老朋友送我这首贺诗，足证他是深知我近来的生活情况的，我自己也要对自己作“古稀之贺”。

一九六一年岁暮记于上海

第五章 此生已近桃花源

湖畔夜饮[1]

前天晚上，四位来西湖游春的朋友，在我的湖畔小屋里饮酒。酒阑人散，皓月当空。湖水如镜，花影满堤。我送客出门，舍不得这湖上的春月，也向湖畔散步去了。柳荫下一条石凳，空着等我去坐。我就坐了，想起小时在学校里唱的春月歌：“春夜有明月，都作欢喜相。每当灯火中，团团清辉上。人月交相庆，花月并生光。有酒不得饮，举杯献高堂。”觉得这歌词温柔敦厚，可爱得很！又念现在的小学生，唱的歌粗浅俚鄙，没有福分唱这样的好歌，可惜得很！回味那歌的最后两句，觉得我高堂俱亡，虽有美酒，无处可献，又感伤得很！三个“得很”逼得我立起身来，缓步回家。不然，恐怕把老泪掉在湖堤上，要被月魄花灵所笑了。

回进家门，家中人说，我送客出门之后，有一上海客人来访，其人名叫CT[2]，住在葛岭饭店。家中人告诉他，我在湖畔看月，他

---

① 本篇原载1948年4月16日《论语》第151期。

② CT，指郑振铎。

就向湖畔去找我了。这是半小时以前的事，此刻时钟已指十时半。我想，CT找我不到，一定已经回旅馆去歇息了。当夜我就不去找他，管自睡觉了。第二天早晨，我到葛岭饭店去找他，他已经出门，茶役正在打扫他的房间。我留了一张名片，请他正午或晚上来我家共饮。正午，他没有来。晚上，他又没有来。料想他这上海人难得到杭州来，一见西湖，就整日寻花问柳，不回旅馆，没有看见我留在旅馆里的名片。我就独酌，照例倾尽一斤。

黄昏八点钟，我正在酩酊之余，CT来了。阔别十年，身经浩劫，他反而胖了，反而年轻了。他说我也还是老样子，不过头发白些。“十年离乱后，长大一相逢，问姓惊初见，称名忆旧容。”这诗句虽好，我们可以不唱。略略几句寒暄之后，我问他吃夜饭没有。他说，他是在湖滨吃了夜饭，——也饮一斤酒，——不回旅馆，一直来看我的。我留在他旅馆里的名片，他根本没有看到。我肚里的一斤酒，在这位青年时代共我在上海豪饮的老朋友面前，立刻消解得干干净净，清清醒醒。我说：“我们再吃酒！”他说：“好，不要什么菜蔬。”窗外有些微雨，月色朦胧。西湖不像昨夜的开颜发艳，却有另一种轻颦浅笑，温润静穆的姿态。昨夜宜于到湖边步月，今夜宜于在灯前和老友共饮。“夜雨剪春韭”，多么动人的诗句！可惜我没有家园，不曾种韭。即使我有园种韭，这晚上也不想去剪来和CT下酒。因为实际的韭菜，远不及诗中的韭菜的好吃。照诗句实行，是多么愚笨的事呀！

女仆端了一壶酒和四只盆子出来，酱鸭，酱肉，皮蛋和花生米，放在收音机旁的方桌上。我和CT就对坐饮酒。收音机上面的墙上，正好贴着一首我写的，数学家苏步青的诗："草草杯盘共一欢，莫因柴米话辛酸。春风已绿门前草，且耐余寒放眼看。"有了这诗，酒味特别的好。我觉得世间最好的酒肴，莫如诗句。而数学家的诗句，滋味尤为纯正。因为我又觉得，别的事都可有专家，而诗不可有专家。因为做诗就是做人。人做得好的，诗也做得好。倘说做诗有专家，非专家不能做诗，就好比说做人有专家，非专家不能做人，岂不可笑？因此，有些"专家"的诗，我不爱读。因为他们往往爱用古典，蹈袭传统；咬文嚼字，卖弄玄虚；扭扭捏捏，装腔作势；甚至神经过敏，出神见鬼，而非专家的诗，倒是直直落落，明明白白，天真自然纯正朴茂，可爱得很。樽前有了苏步青的诗，桌上酱鸭，酱肉，皮蛋和花生米，味同嚼蜡；唾弃不足惜了！

我和CT共饮，另外还有一种美味的酒肴！就是话旧。阔别十年，身经浩劫。他沦陷在孤岛上，我奔走于万山中。可惊可喜，可歌可泣的话，越谈越多。谈到酒酣耳热的时候，话声都变了呼号叫啸，把睡在隔壁房间里的人都惊醒。谈到二十余年前他在宝山路商务印书馆当编辑，我在江湾立达学园教课时的事，他要看看我的子女阿宝，软软和瞻瞻——《子恺漫画》里的三个主角，幼时他都见

窗外有些微雨，月色朦胧。
西湖不像昨夜的开颜发艳，
却有另一种轻颦浅笑，
温润静穆的姿态。
昨夜宜于到湖边步月，今夜宜于在灯前和老友共饮。

过的。瞻瞻现在叫做丰华瞻，正在北平北大研究院，我叫不到，阿宝和软软现在叫丰陈宝和丰宁馨，已经大学毕业而在中学教课了，此刻正在厢房里和她们的弟妹们练习平剧〔京剧〕！我就喊她们来"参见"。CT用手在桌子旁边的地上比比，说："我在江湾看见你们时，只有这么高。"她们笑了，我们也笑了。这种笑的滋味，半甜半苦，半喜半悲。所谓"人生的滋味"，在这里可以浓烈地尝到。CT叫阿宝"大小姐"，叫软软"三小姐"。我说："《花生米不满足》、《瞻瞻新官人，软软新娘子，宝姐姐做媒人》、《阿宝两只脚，凳子四只脚》等画，都是你从我的墙壁上揭去，制了锌板在《文学周报》上发表的。你这老前辈对她们小孩子又有什么客气？依旧叫'阿宝'、'软软'好了。"大家都笑。人生的滋味，在这里又浓烈地尝到了。我们就默默地干了两杯。我见CT的豪饮，不减二十余年前。我回忆起了二十余年前的一件旧事，有一天，我在日升楼[①]前，遇见CT。他拉住我的手说："子恺，我们吃西菜去。"我说"好的"。他就同我向西走，走到新世界[②]对面的晋隆西菜馆楼上，点了两客公司菜，外加一瓶白兰地。吃完之后，仆欧[③]送帐单来。CT对

① 日升楼，当时上海一家有名的茶馆，位于南京路浙江路口。

② 新世界，当时上海一个游乐场的名称。

③ 仆欧，英文boy的译音，意即侍者。

我说：“你身上有钱吗？”我说“有！”摸出一张五元钞票来，把帐付了。于是一同下楼，各自回家——他回到闸北，我回到江湾。过了一天，CT到江湾来看我，摸出一张拾元钞票来，说：“前天要你付帐，今天我还你。”我惊奇而又发笑，说：“帐回过算了，何必还我？更何必加倍还我呢？”我定要把拾元钞票塞进他的西装袋里去，他定要拒绝。坐在旁边的立达同事刘薰宇，就过来抢了这张钞票去，说：“不要客气，拿到新江湾小店里去吃酒吧！”大家赞成。于是号召了七八个人，夏丐尊先生，匡互生，方光焘都在内，到新江湾的小酒店里去吃酒。吃完这张拾元钞票时，大家都已烂醉了。此情此景，憬然在目。如今夏先生和匡互生均已作古，刘薰宇远在贵阳，方光焘不知又在何处。只有CT仍旧在这里和我共饮。这岂非人世难得之事！我们又浮两大白。

夜阑饮散，春雨绵绵。我留CT宿在我家，他一定要回旅馆。我给他一把伞，看他的高大的身子在湖畔柳荫下的细雨中渐渐地消失了。我想：“他明天不要拿两把伞来还我！”

三十七〔1948〕年三月二十八日夜于湖畔小屋

庐山游记之三[①]

“咫尺愁风雨，匡庐不可登。只疑云雾里，犹有六朝僧。”（钱起）这位唐朝诗人教我们“不可登”，我们没有听他的话，竟在两小时内乘汽车登上了匡庐。这两小时内气候由盛夏迅速进入了深秋。上汽车的时候九十五度，在汽车中先藏扇子，后添衣服，下汽车的时候不过七十几度了。赶第三招待所的汽车驶过正街闹市的时候，庐山给我的最初印象竟是桃源仙境：土地平旷，屋舍俨然；有茶馆、酒楼、百货之属；黄发垂髫，并怡然自乐。不过他们看见了我们没有“乃大惊”，因为上山避暑休养的人很多，招待所满坑满谷，好容易留两个房间给我们住。庐山避暑胜地，果然名不虚传。这一天天气晴明。凭窗远眺，但见近处古木参天，绿荫蔽日；远处岗峦起伏，白云出没。有时一带树林忽然不见，变成了一片云海；有时一片白云忽然消散，变成了许多楼台。正在凝望之间，一朵

---

① 本篇原载1956年10月4日上海《文汇报》。

白云冉冉而来，钻进了我们的房间里。倘是幽人雅士，一定大开窗户，欢迎它进来共住；但我犹未免为俗人，连忙关窗谢客。我想，庐山真面目的不容易窥见，就为了这些白云在那里作怪。

庐山的名胜古迹很多，据说共有两百多处。但我们十天内游踪所到的地方，主要的就是小天池、花径、天桥、仙人洞、含鄱口、黄龙潭、乌龙潭等处而已，夏禹治水的时候曾经登大汉阳峰，周朝的匡俗曾经在这里隐居，晋朝的慧远法师曾经在东林寺门口种松树，王羲之曾经在归宗寺洗墨，陶渊明曾经在温泉附近的栗里村住家，李白曾经在五老峰下读书，白居易曾经在花径咏桃花，朱熹曾经在白鹿洞讲学，王阳明曾经在舍身岩散步，朱元璋和陈友谅曾经在天桥作战……古迹不可胜计。然而凭吊也颇伤脑筋，况且我又不是诗人，这些古迹不能激发我的灵感，跑去访寻也是枉然，所以除了乘便之外，大都没有专程拜访。有时我的太太跟着孩子们去寻幽探险了，我独自高卧在海拔一千五百公尺的山楼上看看庐山风景照片和导游之类的书，山光照槛，云树满窗，尘嚣绝迹，凉生枕簟，倒是真正的避暑。我看到天桥的照片，游兴发动起来，有一天就跟着孩子们去寻访。爬上断崖去的时候，一位挂着南京大学徽章的教授告诉我："上面路很难走，老先生不必去吧。天桥的那条石头大概已经跌落，就只是这么一个断崖。"我抬头一看，果然和照片中所见不同：照片上是两个断崖相对，右面的断崖上伸出一根大石条来，伸向左面的断崖，但是没有达到，相距数尺，仿佛一脚可以跨过似的。然而实景中并没有石条，只是相距若干丈的两个断崖，我们所登的便是左面的断崖。我想：这地方叫做天桥，大概那根石条就是桥，如今桥已经跌落了。我们在断崖上坐看云起，卧听鸟鸣，又拍了几张照片，逍遥地步行回寓。晚餐的时候，我向管理局的同志探问这条桥何时跌落，他回答我说，本来没有桥，那照相是从某角度望去所见的光景。啊，我恍然大悟了：那位南京大学教授和我谈话的地方，即离开左面的断崖数十丈的地方，我的确看到有一根不很大的石条伸出在空中，照相镜头放在石条附近适当的地方，透视法就把石条和断崖之间的距离取消，拍下来的就是我所欣赏的照片。我略感不快，仿佛上了资本主义社会的商业广告的当。然而就照相术而论，我不能说它虚伪，只是“太”巧妙了些。天桥这个名字也古怪，没有桥为什么叫天桥？

含鄱口左望扬子江，右瞰鄱阳湖，天下壮观，不可不看。有一天我们果然爬上了最高峰的亭子里。然而白云作怪，密密层层地遮盖了江和湖，不肯给我们看。我们在亭子里吃茶，等候了好久，白云始终不散，望下去白茫茫的，一无所见。这时候有一个人手里拿一把芭蕉扇，走进亭子来。他听见我们五个人讲土白，就和我招呼，说是同乡。原来他是湖州人，我们石门湾靠近湖州边界，语音相似。我们就用土白同他谈起天来。土白实在痛快，个个字人

我想，
庐山真面目的不容易窥见，
就为了这些白云在那里作怪。

木三分，极细致的思想感情也充分表达得出。这位湖州客也实在不俗，句句话都动听。他说他住在上海，到汉口去望儿子，归途在九江上岸，乘便一游庐山。我问他为什么带芭蕉扇，他回答说，这东西妙用无穷：热的时候扇风，太阳大的时候遮阴，下雨的时候代伞，休息的时候当坐垫，这好比济公活佛的芭蕉扇。因此后来我们谈起他的时候就称他为济公活佛。互相叙述游览经过的时候，他说他昨天上午才上山，知道正街上的馆子规定时间卖饭票，他就在十一点钟先买了饭票，然后买一瓶酒，跑到小天池，在革命烈士墓前奠了酒，浏览了一番，然后拿了酒瓶回到馆子里来吃午饭，这顿午饭吃得真开心。这番话我也听得真开心。白云只管把扬子江和鄱阳湖封锁，死不肯给我们看。时候不早，汽车在山下等候，我们只得别了济公活佛回招待所去。此后济公活佛就变成了我们的谈话资料。姓名地址都没有问，再见的希望绝少，我们已经把他当作小说里的人物看待了。谁知天地之间事有凑巧：几天之后我们下山，在九江的浔庐餐厅吃饭的时候，济公活佛忽然又拿着芭蕉扇出现了。原来他也在九江候船返沪。我们又互相叙述别后游览经过。此公单枪匹马，深入不毛，所到的地方比我们多。我只记得他说有一次独自走到一个古塔的顶上，那里面跳出一只黄鼠狼来，他打湖州白说："渠被倍吓了一吓，倍也被渠吓了一吓！"我觉得这简直是诗，不过没有叶韵。宋杨万里诗云："意行偶到无人处，惊起山禽我亦惊。”岂不就是这种体验吗？现在有些白话诗不讲叶韵，就把白话写成每句一行，一个“但”字占一行，一个“不”也占一行，内容不知道说些什么，我真不懂。这时候我想：倘能说得像我们的济公活佛那样富有诗趣，不叶韵倒也没有什么。

在九江的浔庐餐厅吃饭，似乎同在上海差不多。山上的吃饭情况就不同：我们住的第三招待所离开正街有三四里路，四周毫无供给，吃饭势必包在招待所里。价钱很便宜，饭菜也很丰富。只是听凭配给，不能点菜，而且吃饭时间限定。原来这不是菜馆，是一个膳堂，仿佛学校的饭厅。我有四十年不过饭厅生活了，颇有返老还童之感。跑三四里路，正街上有一所菜馆。然而这菜馆也限定时间，而且供应量有限，若非趁早买票，难免枵腹游山。我们在轮船里的时候，吃饭分五六班，每班限定二十分钟，必须预先买票。膳厅里写明请勿喝酒。有一个乘客说：“吃饭是一件任务。”我想：轮船里地方小，人多，倒也难怪；山上游览之区，饮食一定便当。岂知山上的菜馆不见得比轮船里好些。我很希望下年这种办法加以改善。为什么呢，这到底是游览之区！并不是学校或学习班！人们长年劳动，难得游山玩水，游兴好的时候难免把吃饭延迟些，跑得肚饥的时候难免想吃些点心。名胜之区的饮食供应倘能满足游客的愿望，使大家能够畅游，岂不是美上加美呢？然而庐山给我的总是好感，在饮食方面也有好感：青岛啤酒开瓶的时候，白沫四散喷射，飞溅到几尺之外。我想，我在上海一向喝光明啤酒，原来青岛啤酒气足得多。回家赶快去买青岛啤酒，岂知开出来同光明啤酒一样，并无白沫飞溅。啊，原来是海拔一千五百公尺的气压的关系！庐山上的啤酒真好！

一九五六年九月作于上海

山中避雨[1]

前天同了两女孩到西湖山中游玩，天忽下雨。我们仓皇奔走，看见前方有一小庙，庙门口有三家村，其中一家是开小茶店而带卖香烛的。我们趋之如归。茶店虽小，茶也要一角钱一壶。但在这时候，即使两角钱一壶，我们也不嫌贵了。

茶越冲越淡，雨越落越大。最初因游山遇雨，觉得扫兴；这时候山中阻雨的一种寂寥而深沉的趣味牵引了我的感兴，反觉得比晴天游山趣味更好。所谓“山色空濛雨亦奇”，我于此体会了这种境界的好处。然而两个女孩子不解这种趣味，她们坐在这小茶店里躲雨，只是怨天尤人，苦闷万状。我无法把我所体验的境界为她们说明，也不愿使她们“大人化”而体验我所感的趣味。

茶博士坐在门口拉胡琴。除雨声外，这是我们当时所闻的唯一的声音。拉的是《梅花三弄》，虽然声音摸得不大正确，拍子还拉

① 本篇原载1935年《新中华》第3卷第10期，原题《民众乐器》，署名：子恺。

得不错。这好像是因为顾客稀少，他坐在门口拉这曲胡琴来代替收音机作广告的。可惜他拉了一会就罢，使我们所闻的只是嘈杂而冗长的雨声。为了安慰两个女孩子，我就去向茶博士借胡琴。“你的胡琴借我弄弄好不好？”他很客气地把胡琴递给我。

我借了胡琴回茶店，两个女孩很欢喜。“你会拉的？你会拉的？”我就拉给她们看。手法虽生，音阶还摸得准。因为我小时候曾经请我家邻近的柴主人[①]阿庆教过《梅花三弄》，又请对面弄内一个裁缝司务大汉教过胡琴上的工尺。阿庆的教法很特别，他只是拉《梅花三弄》给你听，却不教你工尺的曲谱。他拉得很熟，但他不知工尺。我对他的拉奏望洋兴叹，始终学他不来。后来知道大汉识字，就请教他。他把小工调、正工调的音阶位置写了一张纸给我，我的胡琴拉奏由此入门。现在所以能够摸出正确的音阶者，一半由于以前略有摸violin〔小提琴〕的经验，一半仍是根基于大汉的教授的。在山中小茶店里的雨窗下，我用胡琴从容地（因为快了要拉错）拉了种种西洋小曲。两女孩和着了歌唱，好像是西湖上卖唱的，引得三家村里的人都来看。一个女孩唱着《渔光曲》，要我用胡琴去和她。我和着她拉，三家村里的青年们也齐唱起来，一时把这苦雨荒山闹得十分温暖。我曾经吃过七八年音乐教师饭，曾经用piano〔钢琴〕伴奏过混声四部合唱，曾

① 柴主人，在作者家乡指替农民称柴并介绍顾主、从中收取少量佣金的人。

经弹过Beethoven〔贝多芬〕的sonata〔奏鸣曲〕。但是有生以来，没有尝过今日般的音乐的趣味。

两部空黄包车拉过，被我们雇定了。我付了茶钱，还了胡琴，辞别三家村的青年们，坐上车子。油布遮盖我面前，看不见雨景。我回味刚才的经验，觉得胡琴这种乐器很有意思。Piano笨重如棺材，violin要数十百元一具，制造虽精，世间有几人能够享用呢？胡琴只要两三角钱一把，虽然音域没有violin之广，也尽够演奏寻常小曲。虽然音色不比violin优美，装配得法，其发音也还可听。这种乐器在我国民间很流行，剃头店里有之，裁缝店里有之，江北船上有之，三家村里有之。倘能多造几个简易而高尚的胡琴曲，使像《渔光曲》一般流行于民间，其艺术陶冶的效果，恐比学校的音乐课广大得多呢。我离去三家村时，村里的青年们都送我上车，表示惜别。我也觉得有些儿依依。（曾经搪塞他们说："下星期再来！"其实恐怕我此生不会再到这三家村里去吃茶且拉胡琴了。）若没有胡琴的因缘，三家村里的青年对于我这路人有何惜别之情，而我又有何依依于这些萍水相逢的人呢？古语云："乐以教和。"我做了七八年音乐教师没有实证过这句话，不料这天在这荒村中实证了。

廿四〔1935〕年秋日作

若没有胡琴的因缘，
三家村里的青年对于我这路人有何惜别之情，
而我又有何依依于这些萍水相逢的人呢？

扬州梦①

在格致中学高中三年级肄业的新枚患了不很重的肺病，遵医嘱停学在家疗养。生活寂寞，自己发心乘此机会读些诗词，我就做了他的教师，替他讲解《唐诗三百首》和《白香词谱》，每星期一二次。暮春有一天，我教他读姜白石的《扬州慢》：

淮左名都，竹西佳处，解鞍少驻初程。过春风十里，尽荠麦青青。自胡马窥江去后，废池乔木，犹厌言兵。渐黄昏，清角吹寒，都在空城。

杜郎俊赏，算而今，重到须惊。纵豆蔻词工，青楼梦好，难赋深情。二十四桥仍在，波心荡，冷月无声。念桥边红药，年年知为谁生。

---

① 本篇原载1958年5月1日《新观察》杂志第9期。

这孩子兴味在于词律，一味讲究平平仄仄。我却怀古多情，神游于古代的维扬胜地，缅想当年烟花三月，十里春风之盛。念到“二十四桥仍在”，我忽然发心游览久闻大名而无缘拜识的扬州，立刻收拾《白香词谱》，叫他到八仙桥去买明天到镇江的火车票。傍晚他拿了三张火车票回来。同去的是他和他的姐姐一吟。当夜各自准备行囊。

第二天下午，一行三人到达镇江。我们在镇江投宿，下午游览了焦山寺，认识了镇江的市容。下一天上午在江边搭轮船，渡江换乘公共汽车，不消两小时已经到达扬州。向车站里的人问询，他们介绍我们一所新开的公园旅馆。我们乘车投奔这旅馆，果然看见一所新造房子，里面的家具和被褥都是新的。盥洗既毕，斟一杯茶，坐下来休息一下。定神一想：现在我身已在扬州，然而我在一路上所见和在旅馆中所感，全然没有一点古色，但觉这是一个精小的近代都市，清静整洁；男女老幼熙攘往来，怡然操作，悉如他处；其中并无李白、张祜、杜牧、郑板桥、金冬心之类的面影。旅馆的招待员介绍我们到富春去吃中饭。富春是扬州有名的茶点酒菜馆，深藏在巷子里，而入门豁然开朗，范围甚广。点心和肴馔都极精美，虽然大都是荤的，我只能用眼睛来欣赏，但素菜也做得很好，别有风味。我觉得扬州只是一个小上海、小杭州，并无特殊之处。这在我似乎觉得有些失望，我决定下午去访问大名鼎鼎的二十四桥。我预期这二十四桥能够满足我的怀古欲。

到大街上雇车子，说“到二十四桥”，然而年青的驾车人都不知道，摇摇头。有一个年纪较大的人表示知道，然而他忠告我们：“这地方很远，而且很荒凉，你们去做什么？”我不好说“去凭吊”，只得撒一个谎，说“去看朋友”。那人笑着说：“那边不大有人家呢！”我很狼狈，支吾地回答他：“不瞒你说，我们就想看看那个桥。”驾车的人都笑起来。这时候旁边的铺子里走出一位老者来，笑着对驾车人说：“你们拉他们去吧，在西门外，他们是来看看这小桥的。”又转向我说：“这座桥从前很有名，可是现在荒凉了，附近没有什么东西。”我料想这位老者是读过唐诗，知道“二十四桥明月夜”的。他的笑容很特别，隐隐地表示着：“这些傻瓜！”

车子走了半小时以上，方才停息在田野中间跨在一条沟渠似的小河上的一爿小桥边。驾车人说：“到了，这是二十四桥。”我们下车，大家表示大失所望的样子，除了“啊哟！”以外没有别的话。一吟就拿出照相机来准备摄影。驾车的人看见了，打着土白交谈：“来照相的。”“要修桥吧？”“要开河吧？”我不辩解，我就冒充了工程师，倒是省事。驾车人到树荫下去休息吸烟了。我有些不放心：这小桥到底是否二十四桥？为欲考证确实，我跑到附近田野里一位正在工作的农人那里，向他叩问：“同志，这是什么桥？”他回答说："二十四桥。"我还不放心，又跑到桥旁一间小屋子门口，望见里面一位白头老婆婆坐着做针线，我又问："请问老婆婆，这是什么桥？"老婆婆干脆地说："廿四桥。"这才放心，我们就替二十四桥拍照。桥下水涸，最狭处不过七八尺，新枚跨了过去，嘴里念着"波心荡，冷月无声"，大家不觉失笑。

车子背着夕阳回城去的时候，我耽于冥想了。我首先想到李白"烟花三月下扬州"的名句，觉得正是这个时候。接着想起杜牧的诗："青山隐隐水迢迢，秋尽江南草未凋。二十四桥明月夜，玉人何处教吹箫？""落魄江湖载酒行，楚腰纤细掌中轻。十年一觉扬州梦，赢得青楼薄幸名。""娉娉袅袅十三余，豆蔻梢头二月初。春风十里扬州路，卷上珠帘总不如。"又想起徐凝的诗句："天下三分明月夜，二分无赖是扬州。"又想起王建的诗句："夜市千灯照碧云，高楼红袖客纷纷。"又想起张祜的诗："十里长街市井连，月明桥上看神仙。人生只合扬州死，禅智山光好墓田。"我在吟哦之下，梦见唐朝时候扬州的繁华。我又想起清人所作的《扬州画舫录》，这书中记述着乾隆年间扬州的繁盛景象，十分详尽。我又记起清朝的所谓"扬州八怪"，想象郑板桥、金冬心、罗聘、李方膺、汪士慎、高翔、黄慎、李鲜等潇洒不羁的文人画家寓居扬州时的风流韵事。最后不再想下去了。

回到旅馆里，询问账房先生，知道扬州有素菜馆。我们就去吃

现在我身已在扬州，
然而我在一路上所见和在旅馆中所感，
全然没有一点古色；
但觉这是一个精小的近代都市，
清静整洁；男女老幼熙攘往来，怡然操作，
悉如他处；其中并无李白、张祜、杜牧、郑板桥、金冬心之类的面影。

夜饭。这素菜馆名叫小觉林，位在电影院对面。我们在一个小楼上占据了一个雅座。一吟和新枚吃饱了饭，到对面看电影去了。我在小楼中独酌，凭窗闲眺，“十里长街”“夜市千灯”，却全无一点古风。只见许多穿人民装的男男女女，熙攘往来，怡然共乐，比较起上海的市街来，特别富有节日的欢乐气象。这是什么缘故呢？我想了好久，恍然大悟：原来扬州市内晚上没有汽车，马路上很安全，所有的行人都在马路中央幢幢往来，和上海节日电车停驶时的光景相似，所以在我看来特别富有欢乐的气象。我一方面觉得高兴，一方面略感失望。因为我抱着怀古之情而到这邗左名都来巡礼，所见的却是一个普通的现代化城市。

晚餐后我独自在街上徜徉了一会，回到旅馆已经九点多钟。舟车劳顿，观感纷忙，心身略觉疲倦，倒身在床，立刻睡去。

忽然听见有人敲门。拭目起床，披衣开门，但见一个端庄而壮健的中年妇人站在门口，满面笑容，打起地道扬州白说：“扰你清梦，非常抱歉！”我说：“请进来坐，请教贵姓大名。”她从容地走进房间来，在桌子旁边坐下，侃侃而言：“我姓扬名州，号广陵，字邗江，别号江都，是本地人氏。知道你老人家特地来访问我，所以前来答拜。我今天曾经到火车站迎接你，又陪伴你赴二十四桥，陪伴你上酒楼，不过没有让你察觉。你的一言一动，一思一想，我都知道。我觉得你对我有些误解，所以特地来向你表白。你不远千里而枉驾惠临，想必乐于听取我的自述吧？”我说：“久慕大名，极愿领教！”她从容地自述如下：

“你憧憬于唐朝时代、清朝时代的我，神往于‘烟花三月’‘十里春风’的‘繁华’景象，企慕‘扬州八怪’的‘风流韵事’，认为这些是我过去的光荣幸福，你完全误解了！我老实告诉你：在一九四九年以前，一千多年的长时期间，我不断地被人虐待，受尽折磨，备尝苦楚，经常是身患痼疾，体无完肤，畸形发育，半身不遂，古人所赞美我的，都是虚伪的幸福、耻辱的光荣、忍痛的欢笑、病态的繁荣。你却信以为真，心悦神往地吟赏他们的诗句，真心诚意地想象古昔的盛况，不远千里地跑来凭吊过去的遗迹，不堪回首地痛惜往事的飘零。你真大上其当了！我告诉你：过去千余年间，我吃尽苦头。他们压迫我，毒害我，用残酷的手段把我周身的血液集中在我的脸面上，又给我涂上脂粉，加上装饰，使得我面子上绚焕灿烂，富丽堂皇，而内部和别的部分百病丛生，残废瘫痪，贫血折骨，臃肿腐烂。你该知道：士大夫们在二十四桥明月下听玉人吹箫，在月明桥上看神仙，干风流韵事，其代价是我全身的多少血汗！

“我忍受苦楚，直到一九四九年方才翻身。人民解除了我的桎梏，医治我的创伤，疗养我的疾病，替我沐浴，给我营养，使我全身正常发育，恢复健康。我有生以来不曾有过这样快乐的生活，这才是我的真正的光荣幸福！你在酒楼上看见我富有节日的欢乐气象，的确，七八年来我天天在过节日似的欢乐生活，所以现在我的身体这么壮健，精神这么愉快，生活这么幸福！你以前没有和我会面，没有看到过我的不幸时代，你也是幸福的人！欢迎你多留几天，我们多多叙晤，你会更了解我的光荣幸福，欢喜满足地回上海去，这才不负你此行的跋涉之劳呢！时候不早，你该休息了。我来扰你清梦，很对不起！”她说着就站起身来告辞。

我听了她的一番话，恍然大悟，正想慰问她，感谢她，她已经夺门而出，回头对我说一声“明天会！”就在门外消失了。

我走出门去送她，不料在门槛上绊了一下，跌了一跤，猛然醒悟，原来身在旅馆里的簇新的床铺上的簇新的被窝里！啊，原来是一个“扬州梦”！这梦比元人乔梦符的《扬州梦》和清人嵇留山的《扬州梦》有意思得多，不可以不记。

一九五八年春日作

杭州写生

我的老家在离开杭州约一百里的地方，然而我少年时代就到杭州读书，中年时代又在杭州作“寓公”，因此杭州可说是我的第二故乡。

我从青年时代起就爱画画，特别喜欢画人物，画的时候一定要写生，写生的大部分是杭州的人物。我常常带了速写簿到湖滨去坐茶馆，一定要坐在靠窗的栏杆边，这才可以看了马路上的人物而写生。湖山喜雨台最常去，因为楼低路广，望到马路上同平视差不多。西园少去，因为楼高路狭，望下来看见的有些鸟瞰形，不宜于写生。茶楼上写生的主要好处，就是被写的人不得知，因而姿态很自然，可以入画。马路上的人，谁仰起头来看我呢?

为什么喜欢在茶馆楼上画呢?因为在路上画有种种不便：第一，被画的人看见我画他，他就戒备，姿态就不自然。如果其人是开通的，他就整一下衣服，装一个姿势，好像坐在照相馆里的镜头面前一样。那时画出来就像一尊菩萨，不是我所需要的画材。画好之后他还要走过来看，看见寥寥数笔就表示不满，仿佛损害了他的体面。如果其人是不开通的，看见我画他，他简直表示反对，或竟逃脱。因为那时（四五十年前）有一种迷信，说拍照伤人元气，使人倒霉。写生与拍照相似，也是这些顽固而愚昧的人所嫌忌的。当时我有一个画同志，到乡下去写生，据说曾经被夺去速写簿，并且赶出村子外，差一点儿没有被打。我没有碰到这种情况，然而类乎此的常常碰到。有一次我看见一老妇和一少妇坐在湖滨，姿态甚好，立刻摸出速写簿来写生。岂知被老妇瞥见，她一把拉住少妇就跑，同时嘴里喃喃地骂。少妇临去向我白一眼，并且“呸”地吐一口唾沫，仿佛我“调戏”了她。诸如此类……

第二种不方便，是在地上写生时，往往有许多闲人围着我看画。起初一二个人，后来越聚越多，同看戏法一样。而这些人有时也竟把我当作变戏法：有的站在我面前，挡住视线；有的挤在我左右，碰我的手臂；有的评长说短，向我提意见；有的小孩子大叫“看画菩萨头！”（他们称画人物为画菩萨头）。这些时候我往往没有画完就走，因为被画的人，看见一堆人吵吵闹闹，他也跑过来看了！我走了，还有几个小孩子或闲人跟着我走，希望我再“表演”，简直同看戏法一样。

为了有这种种不方便，所以我那时最喜欢在茶楼上写生。延龄大马路[①]上车水马龙，行人如织，都是很好的写生模特儿！——这是我青年时代的事。

最近，我很少写生。主要原因之一，是眼力差了，老花眼看近处必须戴眼镜，看远处必须除去眼镜。写生时必须远处看一眼，近处看一眼，这就使眼镜戴也不好，不戴也不好。有些老花眼镜是两用的，上面是平光，下面是老光。然而老光只有小小一部分，只能看一小块，不能看全面，而画画必须顾到纸张全面。这种眼镜只宜于写字，不宜于画画。因此，我老来很少写生了。一定要写，只有把眼镜搁在眼睛底下鼻孔上面，好像滑稽画中的老头子。但这很不舒服，并且要当心眼镜落地。

然而我最近到杭州游玩时，往往故态复萌，有时不免要摸出笔记簿子来画几笔。这一半是过去习惯所使然，好像一到杭州就“返老还童”了。

使我吃惊的，是解放后在人民的西湖上写生，和从前在旧西湖上写生情形显然不同，上述的两种不方便大大地减少了。被画的人知道这是“写生”，不讨厌我，女人决不吐唾沫。反之，他们有的肯迁就我，给我方便。有一次我坐在湖滨的石凳上，看见一个老舟子坐在船头上吸烟，姿态甚佳，我就对他写生。他衔着旱烟筒悠然

① 延龄路，即今杭州延安路。

地看山水，似乎没有发觉我在画他。忽然一个女小孩子跑来，大叫一声“爷爷！”，那老舟子并不向她回顾，却哼喝她：“不要叫我！他在画我！”原来他早已发觉我画他了。这固然是一个特殊的例子，然而一般地说，人都开通了。这在写生者是一大方便。

围着看的人当然也有，然而态度和从前不同了。大都知道这是“写生”，就不用看戏法的态度对待我了。大都肃静地站在我后面，低声地互相说话：“壁报上用的。”“上海去登报的。”（他们从我同游的人身上看得出我们是上海来的。）有时几个青年还用“观摩”的态度看我作画，低声地说“内行”的话；倘有小孩子吵闹，他们代我阻止，给我方便。这些青年大概也会作画。现在作画的不一定是美术学校学生，一般机关团体里都有画家，壁报上和黑板报上不是常常有很好的画出现吗？

由此可知解放后人民知识都增加了，思想都进步了，态度都变好了。在“写生”这一件小事情中，也可以分明地看出。

一九五九年六月九日于上海记

由此可知解放后人民知识都增加了，
思想都进步了，
态度都变好了。
在“写生”这一件小事情中，
也可以分明地看出。

桂林的山[①]

“桂林山水甲天下”，我没有到桂林时，早已听见这句话。我预先问问到过的人，“究竟有怎样的好？”到过的人回答我，大都说是“奇妙之极，天下少有”。这正是武汉疏散人口，我从汉口返长沙，准备携眷逃桂林的时候。抗战节节失利，我们逃难的人席不暇暖，好容易逃到汉口，又要逃桂林去。对于山水，实在无心欣赏，只是偶然带便问问而已。然而百忙之中，必有一闲。我在这一闲的时间想象桂林的山水，假定它比杭州还优秀。不然，何以可称为“甲天下”呢?

我们一家十人，加了张梓生先生家四五人，合包一辆大汽车，从长沙出发到桂林，车资是二百七十元。经过了衡阳、零陵、邵阳，入广西境。闻名已久的桂林山水，果然在二十七〔1938〕年六月二十四日下午展开在我的眼前。初见时，印象很新鲜。那些山都

① 本篇原载1947年5月19日《天津民国日报》。

拔地而起，好像西湖的庄子内的石笋，不过形状庞大，这令人想起古画中的远峰，又令人想起“天外三峰削不成”的诗句。至于水，漓江的绿波，比西湖的水更绿，果然可爱。我初到桂林，心满意足，以为流离中能得这样山明水秀的一个地方来托庇，也是不幸中之大幸。开明书店的陆联棠经理，替我租定了马皇背（街名）的三间平房，又替我买些竹器。竹椅、竹凳、竹床，十人所用，一共花了五十八块桂币。桂币的价值比法币低一半，两块桂币换一块法币。五十八块桂币就是二十九块法币。我们到广西，弄不清楚，曾经几次误将法币当作桂币用。后来留心，买物付钱必打对折。打惯了对折，看见任何数目字都想打对折。我们是六月二十四日到桂林的。后来别人问我哪天到的，我回答“六月二十四”之后，几乎想补充一句：“就是三月十二日呀！”

汉口沦陷，广州失守之后，桂林也成了敌人空袭的目标，我们常常逃警报。防空洞是天然的，到处皆有，就在那拔地而起的山的脚下。因了逃警报，我对桂林的山愈加亲近了。桂林的山的性格，我愈加认识清楚了。我渐渐觉得这些不是山，而是大石笋。因为不但拔地而起，与地面成九十度角，而且都是青灰色的童山，毫无一点树木或花草。久而久之，我觉得桂林竟是一片平原，并无有山，只是四围种着许多大石笋，比西湖的庄子里的更大更多而已。我对于这些大石笋，渐渐地看厌了。庭院中布置石笋，数目不多，可以点缀风景；但我们的“桂林”这个大庭院，布置的石笋太多，触目皆是，岂不令人生厌。我有时遥望群峰，想象它们是一只大动物的牙齿，有时望见一带尖峰，又想起小时候在寺庙里的十殿阎王的壁画中所见的尖刀山。假若天空中掉下一个巨人来，掉在这些尖峰上，一定会穿胸破肚，鲜血淋漓，同十殿阎王中所绘的一样。这种想象，使我渐渐厌恶桂林的山。这些时候听到“桂林山水甲天下”这句盛誉，我的感想与前大异：我觉得桂林的特色是“奇”，却不能称“甲”，因为“甲”有十全十美的意思，是总平均分数。桂林的山在天下的风景中，决不是十全十美。其总平均分数决不是“甲”。世人往往把“美”与“奇”两字混在一起，搅不清楚，其实奇是罕有少见，不一定美。美是俱足圆满，不一定需要奇。三头六臂的人，可谓奇矣，但是谈不到美。天真烂漫的小孩，可为美矣，但是并不稀奇。桂林的山，奇而不美，正同三头六臂的人一样。我是爱画的人。我到桂林，人都说“得其所哉”，意思是桂林山水甲天下，可以入我的画。这使我想起了许多可笑的事：有一次有人报告我：“你的好画材来了，那边有一个人，身长不满三尺，而须长有三四寸。”我跑去一看，原来是做戏法的人带来的一个侏儒。这男子身体不过同桌子面高，而头部是个老人。对这残废者，我只觉得惊骇与怜悯，哪有心情欣赏他的“奇”，更谈不到美与画了。又有一次到野外写生，遇见一个相识的人，他自言熟悉当地风物，好

世人往往把“美”与“奇”两字混在一起，搅不清楚，
其实奇是罕有少见，不一定美。
美是俱足圆满，不一定需要奇。
三头六臂的人，可谓奇矣，但是谈不到美。
天真烂漫的小孩，可为美矣，但是并不稀奇。
桂林的山，奇而不美，正同三头六臂的人一样。

意引导我去探寻美景，他说："最美的风景在那边，你跟我来！"我跟了他跋山涉水，走得十分疲劳，好容易走到了他的目的地。原来有一株老树，不知遭了什么劫，本身横卧在地，而枝叶依旧欣欣向上。我率直地说："这难看死了！我不要画。"其人大为扫兴，我倒觉得可惜。可惜的是他引导我来此时，一路上有不少平凡而美丽的风景，我不曾写得。而他所谓美，其实是奇。美其所美，非吾所谓美也。这样的事，我所经历的不少。桂林的山，便是其中之一。

篆文的山字，是三个近乎三角形的东西。古人造象形字煞费苦心，以最简单的笔划，表出最重要的特点。像女字、手字、木字、草字、鸟字、马字、山字、水字等，每一个字是一幅速写画。而山因为望去形似平面，故造出的象形字的模样，尤为简明。从这字上，可知模范的山，是近于三角形的，不是石笋形的；可知桂林的山，不是模范的山，只是山之一种——奇特的山。古语说："仁者乐山，智者乐水"，则又可知周围山水对于人的性格很有影响。桂林的奇特的山，给广西人一种奇特的性格，勇往直前，百折不挠，而且短刀直入，率直痛快。广西省政治办得好，有模范省之称，正是环境的影响；广西产武人，多名将，也是拔地而起山的影响。但是讲到风景的美，则广西还是不参加为是。

“桂林山水甲天下”，本来没有说“美甲天下”。不过讲到山水，最容易注目其美。因此使桂林受不了这句盛赞。若改为“桂林山水天下奇”则庶几近情了。

卅六〔1947〕年三月七日于杭州

初冬浴日漫感[①]

离开故居一两个月，一旦归来，坐到南窗下的书桌旁时第一感到异样的，是小半书桌的太阳光。原来夏已去，秋正尽，初冬方到，窗外的太阳已随分南倾了。

把椅子靠在窗缘上，背着窗坐了看书，太阳光笼罩了我的上半身。它非但不像一两月前地使我讨厌，反使我觉得暖烘地快适。这一切生命之母的太阳似乎正在把一种祛病延年，起死回生的乳汁，通过了他的光线而流注到我的体中来。

我掩卷冥想：我吃惊于自己的感觉，为什么忽然这样变了？前日之所恶变成了今日之所欢；前日之所弃变成了今日之所求；前日之仇变成了今日之恩。张眼望见了弃置在高阁上的扇子，又吃一惊。前日之所欢变成了今日之所恶；前日之所求变成了今日之所弃；前日之恩变成了今日之仇。

---

① 本篇原载1935年11月《中学生》第59号。

忽又自笑："夏日可畏，冬日可爱"以及"团扇弃捐"，乃古之名言，夫人皆知，又何足吃惊？于是我的理智屈服了。但是我的感觉仍不屈服，觉得当此炎凉递变的交代期上，自有一种异样的感觉，足以使我吃惊。这仿佛是太阳已经落山而天还没有全黑的傍晚时光：我们还可以感到昼，同时已可以感到夜。又好比一脚已跨上船而一脚尚在岸上的登舟时光：我们还可以感到陆，同时已可以感到水。我们在夜里固皆知道有昼，在船上固皆知道有陆，但只是"知道"而已，不是"实感"。我久被初冬的日光笼罩在南窗下，身上发出汗来，渐渐润湿了衬衣。当此之时，浴日的"实感"与挥扇的"实感"在我身中混成一气，这不是可吃惊的经验么？

于是我索性抛书，躺在墙角的藤椅里，用了这种混成的实感而环视室中，觉得有许多东西大变了相。有的东西变好了：像这个房间，在夏天常嫌其太小，洞开了一切窗门，还不够，几乎想拆去墙壁才好。但现在忽然大起来，大得很！不久将要用屏帏把它隔小来了。又如案上这把热水壶，以前曾被茶缸驱逐到碗橱的角里，现在又像纪念碑似的矗立在眼前了。棉被从前在伏日里晒的时候，大家讨嫌它既笨且厚，现在铺在床里，忽然使人悦目，样子也薄起来了。沙发椅子曾经想卖掉，现在幸而没有人买去。从前曾经想替黑猫脱下皮袍子，现在却羡慕它了。反之，有的东西变坏了：像风，从前人遇到了它都称"快哉！"，欢迎它进来。现在渐渐拒绝

“夏日可畏，冬日可爱”，
以及“团扇弃捐”，
乃古之名言，
夫人皆知，
又何足吃惊？

人生也有冬夏。童年如夏，成年如冬；
或少壮如夏，老大如冬。
在人生的冬夏，自然也常教人的感觉变叛，
其命令也有这般严重，又这般滑稽。

它，不久要像防贼一样严防它入室了。又如竹榻，以前曾为众人所宝，极一时之荣。现在已无人问津，形容枯槁，毫无生气了。壁上一张汽水广告画。角上画着一大瓶汽水，和一只泛溢着白泡沫的玻璃杯，下面画着海水浴图。以前望见汽水图口角生津，看了海水浴图恨不得自己做了画中人，现在这幅画几乎使人打寒噤了。裸体的洋囝囝趺坐在窗口的小书架上，以前觉得它太写意，现在看它可怜起来。希腊古代名雕的石膏模型Venus〔维纳斯〕立像，把裙子褪在大腿边，高高地独立在凌空的花盆架上。我在夏天看见她的脸孔是带笑的，这几天望去忽觉其容有蹙，好像在悲叹她自己失却了两只手臂，无法拉起裙子来御寒。

其实，物何尝变相？是我自己的感觉变叛了。感觉何以能变叛？是自然教它的。自然的命令何其严重：夏天不由你不爱风，冬天不由你不爱日。自然的命令又何其滑稽：在夏天定要你赞颂冬天所诅咒的，在冬天定要你诅咒夏天所赞颂的！

人生也有冬夏。童年如夏，成年如冬；或少壮如夏，老大如冬。在人生的冬夏，自然也常教人的感觉变叛，其命令也有这般严重，又这般滑稽。

廿四〔1935〕年双十节晚于石门湾

暂时脱离尘世

夏目漱石的小说《旅宿》(日本名《草枕》)中有一段话:“苦痛、愤怒、叫嚣、哭泣,是附着在人世间的。我也在三十年间经历过来,此中况味尝得够腻了。腻了还要在戏剧、小说中反覆体验同样的刺激,真吃不消。我所喜爱的诗,不是鼓吹世俗人情的东西,是放弃俗念,使心地暂时脱离尘世的诗。”

夏目漱石真是一个最像人的人。今世有许多人外貌是人,而实际很不像人,倒像一架机器。这架机器里装满着苦痛、愤怒、叫嚣、哭泣等力量,随时可以应用。即所谓“冰炭满怀抱”也。他们非但不觉得吃不消,并且认为做人应当如此,不,做机器应当如此。

我觉得这种人非常可怜,因为他们毕竟不是机器,而是人。他们也喜爱放弃俗念,使心地暂时脱离尘世。不然,他们为什么也喜欢休息,喜欢说笑呢?苦痛、愤怒、叫嚣、哭泣,是附着在人世间的,人当然不能避免。但请注意“暂时”这两个字,“暂时脱离尘世”，是快适的，是安乐的，是营养的。

陶渊明的《桃花源记》，大家知道是虚幻的，是乌托邦，但是大家喜欢一读，就为了他能使人暂时脱离尘世。《山海经》是荒唐的，然而颇有人爱读。陶渊明读后还咏了许多诗。这仿佛白日做梦，也可暂时脱离尘世。

铁工厂的技师放工回家，晚酌一杯，以慰尘劳。举头看见墙上挂着一大幅《冶金图》，此人如果不是机器，一定感到刺目。军人出征回来，看见家中挂着战争的画图。此人如果不是机器，也一定感到厌烦。从前有一科技师向我索画，指定要画儿童游戏。有一律师向我索画，指定要画西湖风景。此种些微小事，也竟有人萦心注目。二十世纪的人爱看表演千百年前故事的古装戏剧，也是这种心理。人生真乃意味深长！这使我常常怀念夏目漱石。

苦痛、愤怒、叫嚣、哭泣，
是附着在人世间的，
人当然不能避免。
但请注意“暂时”这两个字，
“暂时脱离尘世”，
是快适的，是安乐的，是营养的。

山水间的生活[①]

我家迁住白马湖上后三天，我在火车中遇见一个朋友，对我这样说："山水间虽然清静，但物质的需要不便之外，住家不免寂寞，办学校不免闭门造车，有利亦有弊。"我当时对于这话就起一种感想，后来忙中就忘却了。

现在春晖在山水间已生活了近一年了，我的家庭在山水间已生活了一月多了。我对于山水间的生活，觉得有意义，又想起了火车中的友人的话。写出我的几种感想在下面。

我曾经住过上海，觉得上海住家，邻人都是不相往来，而且敌视的。我也曾做过上海的学校教师，觉得上海的繁华和文明，能使聪明的明白人得到暗示和觉悟，而使悟力薄弱的人收到很恶的影响。我觉得上海虽热闹，实在寂寞，山中虽冷静，实在热闹，不觉得寂寞。就是上海是骚扰的寂寞，山中是清静的热闹。

---

① 本篇原载1923年6月1日浙江上虞春晖中学校刊《春晖》第13期。

在火车里的几小时，是在这社会里四五十年的人生的缩图。坐位被占，提包被偷等恐慌，就是生活恐慌的缩形。倘嫌山水间的生活的寂寞，而慕都会的热闹，犹之在只乘四五个相熟的人的火车里嫌寂寞，要望别的拥挤着的车子里去。如果有这样的人，他定是要描写拥挤的车子而去观察的小说家，否则是想图利去的pickpocket〔扒手〕。

我在教授图画唱歌的时候，觉得以前曾在别处学过图画唱歌的人最难教授，全然没有学过的人容易指导。同样，我觉得在社会里最感到困难的是“因袭的打破难”。许多学校风潮，许多家庭悲剧，许多恶劣的人类分子，都是“因袭的罪恶”，何尝是人间本身的不良。因袭好比遗传，永不断绝。新文化一次输入因袭旧恶的社会里，仿佛注些花露水在粪里，气味更难当。再输入一次，仿佛在这花露水和粪里再注入些香油，又变一种臭气。我觉得无论什么改造，非先除去因袭的恶弊终归越弄越坏。在山水间的学校和家庭，不拘何等孤僻，何等少见闻，何等寂寥，“因袭的传染的隔远”和“改造的容易入手”是实实在在的事实。

我从前往往听见人讲到子弟求学或职业等问题，都说：“总要出上海[①]！”听者带着一种对于将来生活的恐慌的自警的态度默应着。把这等话的心理解剖起来，里面含着这样的几个要素：（一）

① 出上海，指到上海去。

上海确是文明地，冠盖之区，要路津。（二）少年应当策高足，先据这要路津。（三）这就是吾人应走的前途。所谓闭门造车，也是具有这样的内容的话。怀着这样的思想的人，是因袭的奴隶，是因袭的维持者。

闭门造车，是指说不符合门外的轨道的大小，造了不能在门外的轨道上运行的车。行车一定要在已成的轨道上吗？这已成的轨道确是引导我们走正路的吗？有了车不能造轨道的吗？在这“闭门造车”一句话里，分明表示着人们的依赖、因袭，和创造力多么薄弱。

不造则已，如果要造车，一定非闭门造不可。如果依照已成的轨道而造，所造出的车子和以前已有的车子一样，就在已成的轨道上随波逐流地去了。即使已有的车子是好的，已成的轨道是正的，造车的效力也不过加多了车，不是造车的进步。何况已有的车子或者不好，已成的轨道或者不正呢。

“好久不到都会了，好久不看报了，退步了。”这样说的人也有。实在，进步是前进的意思，进步越快，离社会越远，离社会越远，进步越深（这是厨川白村说的）。子路说道：“吾过矣，吾离群而索居，亦已久矣。”这便是子路所以为子路。

“山水间生活，有利亦有弊”，这大概是指清静、空气新鲜、生活程度低等是利。需要不便、寂寞、闭门造车等是弊。这是要计较两方的利弊长短而取舍的意思。这话的内容和“新思想并不恶、时势变更了不得已而然的。但从前的习惯一概不好，也不能说”的话同是乡愿的话。

这话的变形，就是“凡物都有明暗两方面的”。这话固然不错。但我觉得明暗是一体的。非但如此，明是因为有暗而益明的。仿佛绘画，明调子因暗调子而益美，暗调子因明调子而也美了。断不是明面好，暗面不好。如果取明而弃暗，就是Ruskin〔罗斯金〕所谓：“自然像日光和阴影相交一般混合着优劣两种要素，使双方相互地供给效用和势力的。所以除去阴影的画家，定要在他自己造出来的无荫的沙漠里烧死！”

爱一物，是兼爱它的阴暗两方面。否，没有暗的明是不明的，是不可爱的。我往往觉得山水间的生活，因为需要不便而菜根更香，豆腐更肥。因为寂寥而邻人更亲。

且勿论都会的生活与山水间的生活孰优孰劣，孰利孰弊。人生随处皆不满，欲图解脱，唯于艺术中求之。

一九二三，五，一四，在小杨柳屋

我往往觉得山水间的生活，
因为需要不便而菜根更香，豆腐更肥。
因为寂寥而邻人更亲。